THE TRAGICAL HISTORY OF DOCTOR FAUSTUS[1]
by
Christopher Marlowe

---

[1] From the Quartos of 1604 and 1616. Public web domain.

Fàustus

di
Christopher Marlowe

Tradusiòn furlana
di
Ermes Culòs

Lìbris di Ermes Culòs

Fiesta furlana
Singing with Lolli
Cjaminànt cun Lolli
Il Vanzeli di Mateo
Love's Mysteries
(H)amlet in Furlàn
La Divina Comedia
Sancjo!
Don Chisciot da la Mancja

O, al bàt, al bàt! O cuarp, càmbiti adès in aria,
che sinò Lusìfar a ti parta a colp in tal infièr!

Gustave Dorè

Dedicàt a dùcjus chej
ca tègnin sempri viva
la so curiošitàt sensa maj
vèndighi l'ànima al diau.

Cuestiòns di lenga

Ecentricitàs dal me furlàn

Cal, ca: ušàdis spes invensi di "ch'al" e di "ch'a" par rašòn di semplicitàt. (Ešempli: *Coma cal voleva fà…, coma ca voleva fà…*, invensi di *Coma ch'al voleva fà…, coma ch'a voleva fà….*)

Si, in tal post di *s'i* (=se i), al è encja chèl ušàt spes par semlicificà li ròbis. (Ešempli: *Si volès i farès…*)

Pì importànt: Il me furlàn a nol uša cuaši maj consonàntis dòplis. Chistu al và ben in ta ducju i càšus fòu che in tal cašu da la "s," che sensa doprà la dopla a è ogni tant fadìja diši se la "s" in ta na peraula a risèif il sun dols o il sun dur. Cuant che na peraula a taca cu la "s" a è fàsil jodi cual sun ca varès da vej.

Ešèmplis: *Sunà, stirà, sudà, sempri, sonàmbul*: in ta chiscju càšus la "s" a è dura, o par via ca vèn prima di na vocàl o par via ca vèn prima di na consonànt "sidina." Ma cuant che la s" a è seguida da na consonànt "sunada" la "s" a è dolsa: *sdrondonà, sbiègu,sberla*.

Al resta il problema di na "s" inserida fra do vocàls, coma in ta chej càšus chì: *ušansa, posansa, busòn, ešisti, roša* (flòu), *rosa* (colòu), etc. Coma ca si pòl jodi da chej ešèmplis chì, il problema al sparìs cuant ca si ghi mèt la pipeta ("š") insima di na "s" dolsa. [2] In ta chistu i oservi na consistensa rigoroša, fòu che in tal cašu di "cussì," ch'i varès da scrìvilu "cusì"; ma sicoma che "cusì" in tal significàt di "cussì" a mi stona, i pari via a scrìvilu *cussì*, e àmen.

---

[2] Chista a è stada la solusiòn miej par chel problema chì ch'i vìn cjatàt jò e me fradi Tony. Na spiegasiòn pì specifica a si pòl cjatala in ta la introdusiòn dal me *Cjaminànt cun Lolli*.

Alc su Marlowe

Christopher Marlow (1564-1593), nasùt tal stes àn cal era
nasùt Shakespeare, al veva vivùt na vita colma di ativitàt—
socjàl, politica, religjoša e artistica—prima di vignì copàt, a
si stima, in ta na barufa. A si cròt che il so *Doctor Faustus* al
sedi stàt scrìt atòr dal 1590, cuant cal veva doma vincjasèis
àis e dopo vej belzà scrìt divièrsis òperis, coma il so famòus
Tamburlaine, che—a còntin—al veva da insegnàjghi alc fin
al Shakespeare su la fuarsa poètica dal *blank verse* (rìghis in
pentametro jàmbic sensa rima). A è stàt scrìt tant su li
tendènsis religjòšis di Marlowe: cal era filocatòlic, cal era
anticatòlic, cal era àteo, e via dišìnt. Ogni una di chisti
tendènsis a si la jòt rifletuda in tal *Fàustus*, una pì, una
mancu. Sens'altri una da li scènis dal me *Fàustus* (Scena 7),
derivada dal *Quarto* dal 1604, a fà jodi un anticatolicèšin (o
almancu na straordinària aversiòn pa la burocrasìa papàl)
sclet. La scena finàl dal *Fàustus*, però, a mèt in dùbit la
nosiòn che Marlowe al sedi stàt àteo. Si no altri a si pòl diši
che chel Fàustus che in ta la siètima scena al cjoj inziru il
Papa e che—a somèa—a ghi'mpuarta puc da la salùt da la
so ànima, a nol è chèl che a la fin al è tormentàt dal pensej
di pièrdila. A si pòl diši encja chistu, che dal momènt cal
viveva in ta un ambiènt ultra-protestànt (a no era tant,
dopodùt, che Rico VIII e il Vaticàn a si vèvin divorsiàt), a
no sarès tant da surprìndisi se—almancu par di fòu—
Marlowe al vès fàt jodi un aspièt anticatòlic.

Cenno su Marlowe

Christopher Marlowe (1564-1593), nato nello stesso anno che nacque Shakespeare, aveva vissuto una vita, per quanto breve, colma di attività—sociale, politica, religiosa e artistica—prima di venire ucciso, si pensa, in un duello. Si crede che il suo *Faustus* sia stato scritto attorno al 1590, quando aveva solo ventisei anni e dopo aver scritto diverse altre opere, fra le quali il suo famoso *Tamburlaine*, che— dicono—doveva insegnare un bel poco perfino a Shakespeare sulla forza poetica e drammatica del *blank verse*, versi non rimati in pentametro iambico. Tanto è stato scritto sulle tendenze religiose di Marlowe: che era filocattolico, che era anticattolico, che era ateo, ecc. È possibile notare ognuna di queste tendenze riflessa nel *Faustus*. Non c'è dubbio che una delle scene del mio *Fàustus* (Scena 7), tratta dal Quarto del 1604, dimostra un anticattolicesimo (o perlomeno una straordinaria avversione per la burocrazia papale) schiettissimo; ma è altrettanto vero che la scena finale del *Fàustus* mette in forte dubbio che Marlowe sia stato ateo. Semmai si può dire che quel Faustus che nella settima scena del dramma si beffa del Papa e che sembra incurante della salute della sua stessa anima, non è per niente quel Faustus che alla fine è tormentato dal terrore di perderla. Si può dire pur questo: che siccome viveva in un ambiente ultra-protestante (non era da molto, dopotutto, che Enrico VIII e il Papa avevano fatto divorzio), non sarebbe da sorprendersi quel tanto se—almeno esteriormente— Marlowe dimostrasse sentimenti anticattolici.

On Marlowe

Christopher Marlowe (1564-1593), born in the same year as Shakespeare, had lived a brief but intense—social, political, religious, artistic—life before he was killed, presumably in a duel. It is generally believed that his *Faustus* was written around 1590, when he was only twenty-six and after having already written several plays, among which his famous *Tamburlaine*, which, it is claimed, was to teach a thing or two even to Shakespeare about the poetic and dramatic power of *blank verse*, lines of unrhymed iambic pentametre.. Much has been written about Marlowe's religious tendencies: that he was pro-Catholic, anti-Catholic, atheistic., and so forth. It is possible to see each of these tendencies reflected in *Faustus*. There is indeed no doubt that one of the scenes in my *Fàustus* (Scene 7), drawn from the Quarto of 1604, shows a marked anti-Catholicism, or at least a strong aversion for Papal bureaucracy; but it is just as true that the final scene in *Faustus* casts strong doubt in the belief that he was an atheist. What one can safely say is that the Faustus of Scene 7 of the play who makes a mockery of the Pope and appears indifferent to the health of his own soul is not at all the Faustus who at the end is in terror of losing it. One can also say this: that since he lived in an deply Protestant environment (it wasn't too long before, after all, that Henry VIII and the Pope had parted ways), it shouldn't be surprising to discover that—at least on the outside—he displayed anti-Catholic sentiments.

Riconosimìnt:

La versiòn ingleša di *Fàustus* a è derivada da la Classic Literature Library (Free Public Domain E-Books), fòu che la Scena 7, derivada da Project Gutenberg.

Introdusiòn

Colpa to, Mefistòfil![3]

Oh, si volès i podarès ben lasà che'l me pensej a si pojàs sù chej puòrs disgrasiàs di piràs—chej làris di mar—che pròpit aliej a sòn stas copàs daj mericàns, dongja la costa da la Somalia, par vej vùt la temeritàt di asaltà na naf mercantìl mericana. Par divièrs dìs a vèvin tegnùt il capitàn di sta naf prešonej, cu la speransa cal vegnès riscatàt a sun di dòlars. Ma i mericàns—no, i dòlars a no àn volùt dàjghiu—a àn preferìt invensi spetà il momènt just par liberà il so omp e fà fòu chej ca lu tegnèvin prešonej. E cussì a àn fàt: un colp tal cjaf a chistu e un colp tal cjaf a chel altri, tic e tac. E cussì il capitàn al è stàt liberàt, e duta la Merica a à ešultàt—e a chej puòrs laròns di mar nencja un pensej. A ghi steva ben, e basta. Sigùr, i mericàns a vèvin rašòn, nuja da diši. Però a no mèritini un penserùt encja chej puòrs diàus di zòvins ca vèvin riscjàt cussì tant par vej alc—na monada di un milionùt di dòlars, pì o mancu, ca podès par qualchi timp lontanaju da la mišeria dal so paìs? A no vèvini, dopodùt, i mericàns, ducju i bès dal mont? Sè èria par lòu sborsà chèl puc ca domandàvin? Ma nuja; dut'l insumiàsi ca vèvin fàt, ducju i so càlcuj, dut, dut a era finìt cussì, in tal nuja. Cual demoni, a vèn da pensà, a ju vèvia stusigàs a riscjà dut?[4] A

---

[3] Na versiòn taliana e ingleša di chista introdusiòn a si pòl cjatala in ta li ùltimis pàginis dal libri.

[4] An d'è—fra i tancju bucanièrs ca tàchin nafs europèis ca pàsin par sti àghis—di chej ca insìstin che la so motivasiòn a no è chè di profitasi par cont so, ma chè di otegni bès par podej permètisi di netà la costa somaliana, ca è stada incuinada daj europèos ca l'àn ušada e a pàrin via a ušala par sbarasasi di sostànsis tòsichis. Secònt chej ca còntin sti stòris, i

si clamàvia encja chèl Mefistòfil? A pòl ben dasi. Coma a
Fàustus, encja a scju puòrs diàus Mefistòfil a ghi veva
prometùt un mont—un mont dal dut diferènt dal so
mišeràbil di mont; ma a savèvin lòu che par otegni stu
mont—par podej sperà di otegni stu mont—a ghi tocjava
mètisi'n ta li mans di un destìn, un Mefistòfil, cal imponeva
li so condisiòns; ma coma Fàustus encja scju puarès a èrin
stàs cussì insuriàs da Mefistòfil che al cont che prin o dopo a
ghi varès tocjàt pajà a ghi fèvin a prin colp amondi puc cašu.
A era doma dopo, cuant che belzà a era masa tars, che li
promèsis di Mefistòfil a vegnèvin a fasi jodi vuètis e
spaventòšis, coma la bocja spalancada di un sarpìnt.

Ma a n'ocòr èsi bucanièrs somaliàns par bramà chèl ca no si
à. Il diàu a ni stà sempri visìn par tirani a simìnt. A ni
promèt chistu e a ni promèt chèl, e nuàltris a li so promèsis i
no sìn bòis da rešisti. Cašumaj, chèl cal è bon da rešisti al è
na raritàt, un sant. Un pu' di Fàustus, par ben o mal, i lu vìn
dùcjus in tal sanc. E zent coma me—zent che a un biel
momènt (biel par mòut di diši) a ghi à voltàt la schena a la
so cjera par zì a cjatà alc di miej in ta cualchi altri post
lontàn dal mont—a lu à sintùt scori cjalt in ta li vènis forsi pì
di chej ch'a àn fàt sièltis diferèntis; ma forsi no, par via che
nisùn a sà par sigùr cuant cjalt o bulìnt cal ghi cor il sanc in
ta li vènis di un'altri; nè coma nè parsè. I daj un ešempli o
doj di zent nostrana che, zuda fòu tal mont, a si'a lasàt dal
dut imbrasà da la brama. Àis fà i ài cognosùt un vecju in ta
un paešùt spierdùt in ta l'estremitàt pì al nord da la British
Columbia, un paešùt che par tancju àis al tirava dongja—in

---

taliàns a no pòsin pretindi di èsi nocèns, che encja par lòu (o almancu ai
mafiòus fra di lòu) a ghi era tant mancu costòus liberasi daj so càrgus
velenòus in cjera africana che a cjaša so. In chistu a pòl ben dasi ca sedi
na friguja di veretàt, forsi encja pì di una; ma a mi, pal momènt, a mi è
pì convenriènt pensà ca si trati di ingordìsia e basta, dovuda—chèl sì—a
un ambiènt cal parta a bramà chèl ca no si à e che chej àltris, màsima
chej ca vègnin da nasiòns siòris, an d'àn pì di chèl ca ghi ocòr.

ta na maniera irešistìbil—chej ca èrin stàs tocjàs da la fievra
dal oru. Stu vecju, vegnùt da li nustri bàndis cuant
ch'encjamò al era zòvin, al veva spindùt àis—anòns—in ta
stu paešùt, dì dopo dì scavànt e mesedànt in ta li rìvis daj
flùns montàgnis di glera e savolòn cu la speransa di cjatà la
vena justa dal oru. Cuant ch'i lu vevi cognosùt jò al veva
encjamò da cjatà sta vena justa—e maj a no la varès cjatada;
lo stes, cualchi tocùt di oru a lu cjatava sempri, bastansa par
tegni sempri viva la so speransa. In tal pàis al era cognosùt
da dùcjus; e ogni àn luj, in ocašiòn da la fiesta dal pàis, a ti
cjaminava orgoliòus in ta la parada, vistìnt colànis e
bracjalès fàs sù cu li pepìtis di oru cal veva cjatàt. Cualchi
tocùt di oru, coma ch'i dìs, a lu cjatava sempri; e al veva vùt
buni stagjòns, stagjòns ca ghi vèvin permetùt di ingrumà
asaj oru par podej fà un viàs fin a Vancouver o in tal pì
lontàn San Francisco, indulà che la so vacansa a durava puc
timp, par via che—sot consìliu dal so Mefistòfil—al pasava
na nòt in taj bras di cualchi biela cocolota (la so Èlina, po),
ca ghi deva di che carèsis cussì cjàris che pal dì dopo al puòr
omp a ghi tocjava tornà sù al nord par tacà di nòuf a movi
montàgnis di cjera cu la speransa di rivà a 'mplenì di nòuf il
so sachetùt di oru—svueitàt da na caresa e da un suspìr—
pepituta dopo pepituta. A la fin al era muart, ma i no cròt
che dopo muart al sedi zùt a finila in ta chel post solfaròus
indulà cal era zùt a finila il puòr Fàustus. A si sà doma che
prin di murì a ghi veva racomandàt ai so compàis di soteralu
e, dopo soteràt, di bèvisi cualchi bièl got di vin o whisky e di
mètisi a cjantà, lì, in tal post indulà cal era stàt soteràt, par
celebrà la fin da la so 'ventura.
A nol era stu vecju 'l ùnic a vignì 'mbarlumìt dal sflameà
zalàstri dal oru. Al era, luj, un fra tàncjus; cussì tàncjus ca
no si si lontanarès tant da la veretàt a diši che s'a no fos stàt
par chej ca sufrìvin di che sorta di "fievra" lì, la Merica a
sarès encjamò chel scunfinàt di paradìs terestri ca era na
volta, cuant che in ta li praterìis e in taj boscs a comandàvin
i bišòns e i ors, e sù di lòu a regnàvin i indiàns. Ma chel lì al

è un discori al astràt. Par vej pì concretesa a tocja zì'n ta poscj' coma Barkerville, na localitàt in tal miès da la provincja indulà che puc pì di un sentenàr di àis fà tancju zòvins a èrin zùs a finila—mandàs là da chel benedèt di Mefistòfil, ca ghi diševa "Zèit, zèit là; che là ogni palada di glera a vi farà siòrs." E lòu a zèvin, cu na fievra intòr che ulà a ju feva restà, coma ca si pòl verificà da li tòmbis di chel simiteri che encja il dì di vuej al para via a fàjghi da vuardiàn a chel puc ca è restàt dal paešùt. Il nustri vecju di Àtlin, cu na caresaduta adès e una dopo in cambiu di cualchi friguja di oru, al era almancu doventàt vecju. Chì a Barkerville, invensi, tancju di chej ca èrin capitàs lì zovenùs e plens di barlumièris, lì a èrin restàs, zovenùs e sensa pì barlumièris. Il simiteri, però, a ghi à lasàt chistu sen di riconosimìnt: in ta pì di na tomba a si leva sù, alt fin tal cjel, un pin cu li radìs sprofondàdis in tal cuarp stes dal puòr zòvin, nudrìt da la so cjar e daj so vuès e da duti li so barlumièris.

Oh , i podares, volìnt, parà via a contà di zent cussì, duta—cuj pì cuj mancu—tocjada da la fievra faustiana. I podarès adiritura zì pì lontàn e oservà che la rasa umana stesa a è sè ca è i no vuej diši par mèrit ma sensàltri par causa di chel precursòu di Mefistòfil , che tacànt cu la nustra prima mari a ghi veva lasàt coma ereditàt in tal sanc di ducju nuàltris la curiošitàt, elemìnt fondamentàl da la natura Faustiana, elemìnt fatàl no doma par Fàustus, ma na vura spes encja par nuàltris. I volìn—tant par restà sul discòrs—svelà ducju i mistèris di stu mont; e pì ch'i imparàn, a somèa, e pì malcontèns i doventàn, e pì 'ncjamò i volìn imparà. Maj coma in tal nustri dì i sìn stàs osesionàs da l'enormitàt dal riscju e perìcul ch'i si vìn creàt cu la nustra voja insasiàbil di savej. I vìn imparàt a uša l'energìa nucleàr, cul rišultàt che vuej i vìn na poura mata che chista energìa a ni spalanchi la puarta dal infièr, coma chè che, a la fin, a si vièrs par Fàustus e luj al siga disperàt:

12

Infièr orìbil, nosta spalancati! Nosta vignì sù, Lusìfar!
I brušaraj i me lìbris!—Ah, Mefistòfil!

Ducju chìscjus, insoma, a àn alc di Faustiàn ca ju stusighèa:
il pirata somaliàn, il puor emigrànt, chèl ca ghi còr davòu di
che altra gjamba dal arcobalèn, il studiòus—dùcjus nuàltris,
po. Ma a no è di chìscjus che jò i volevi contà, se ben che
encja lòu a fàn part dal cuadri Faustiàn. La storia dal Dotòr
Fàustus a ni parta in mins tant di pì: a ni parta in mins il diau
ch'i cognosèvin na volta a San Zuan, il diau cal vegneva
contàt ta li stàlis daj borcs o dongja daj fogolàrs cuant che
cu la manuta ca 'ngrimpava streta la còtula da la nona i
stèvin lì a scoltà li stòris daj vècjus cuj vuj spalancàs da la
curiošitàt e da la poura. E li stòris a zèvin da chè ca contava
daj spirs che di nòt un al jodeva—se un al veva la temeritàt
inconcepìbil di èsi lì a jòdiju—svualasà insima daj murs dal
simiteri vecju o di chèl di Pardapòs; a chè ca contava di che
flamùtis blu che un al jodeva in tal scur da la nòt—se un al
era encjamò pì temerari di zì a jòdilis dentri dal simiteri
stes—ca si lontanàvin cuant che luj al provava a zighi
dongja. A ti implenìvin, sti stòris chì, di na poura mata e
delisioša ca ti feva strenzi sempri di pì la còtula da la nona o
la barghesa dal barba. Ma nisuna storia a ti feva ingrišignì
da la poura coma chè di chel siòr di San Zuan ca si la rideva
di Diu e dal Diau fin che, fin che—ma lasàit ch'i conti sta
benedeta di storia.

Duncja, ognidùn a San Zuan al cognoseva ben stu omp parsè
cal cjoleva sempri inziru tant Diu che il Diau. Duti fiàbis, al
diševa, e jù ca ghi deva na porconada o a Diu o a la Madona,
che par cont so a era na prova asoluta da la so inešistensa. E
cussì al veva paràt via par tant timp, sempri plen di
porconàdis par che divinitàs ca no ešistevin, fin che na biela
dì, ansi na biela nòt a si veva insumiàt dal diau, cal era
vegnùt a cjatalu in ta la so cjamara. A si veva visinàt al so
jèt, stu diau, sidìn sidìn, cul so insopuartàbil calòu infernàl.

13

E luj, sveàt, cu la muša plomba di sudòu, al era restàt fer lì parališàt da la poura, sidinùt, scoltànt s'al sinteva nuja; e sintìnt nuja al era puc a puc rivàt a cunvìnsisi cal veva fàt un brut sun e basta, encja se par tornà a durmì a ghi veva tocjàt infagotasi ben in ta li so cujèrtis. Ma la matina dopo a ghi era capitàt chèl che pal rest daj so dìs a lu veva mandàt a mesa ogni domenia, sensa fal. Al era levàt sù cul pensej dal brut sun encjamò in tal cjaf. Al veva vuardàt atorotòr e no jodìnt nuja fòu di post al era restàt pì che maj sigùr ca si veva tratàt di un stùpit di sun; e coma che dùcjus a sàn, ai suns a no è da fàjghi nisùn cašu. Vierzùt cal veva la puarta da la cjamara, però, al veva jodùt alc ca ghi veva a colp indresàt i cjaviej e ca lu veva fàt cuasi crepà da la poura. Lì, in tal miès da la puarta, intajàda in ta la brèa, a era la forma di na man, duta brustulada e nera, lasada lì da la manada 'nflamada dal diau. La domenia dopo dut San Zuan al era restàt maraveàt al jodi stu siòr inzenoglàt in ta un banc da la glišia. E maj pì nisùn a lu veva sintùt bestemà nè Diu ne il Diau nè nisùn sant.

Èco, chel siòr lì sì al veva—almancu par un momènt—sintùt la sensasiòn terìbil cal sint Fàustus cuant che a miešanòt justa al sìnt che Mefistòfil al vèn a scuedi la so ànima.

14

Fàustus

DRAMATIS PERSONAE.

[THE POPE. CARDINAL OF FRANCE, PADUA,
LORRAIN. BRUNO, EMPEROR OF GERMANY.
DUKE OF VANHOLT. FAUSTUS.
VALDES and CORNELIUS, Friends to Faustus.
WAGNER, Servant to FAUSTUS.
Clown. ROBIN. RALPH.
Vintner, Horse-Courser, Knight, Old Man, Scholars, Friars,
and Attendants.

DUCHESS OF VANHOLT.

LUCIFER. BELZEBUB. MEPHISTOPHILIS.

Good Angel, Evil Angel, The Seven Deadly Sins, Devils,
Spirits in the shape of ALEXANDER THE GREAT, of his
Paramous, and of HELEN OF TROY.
Chorus.]

Dramatis personæ

Papa. Cardinaj di Fransa, di Padova, e di Loraine.
Bruno, Imperatòu da la Germania.
Valdes e Cornelius, compàis di Fàustus.
Wagner, servitòu di Fàustus.
Bufòn. **Ròbin. Ralf.**
Vignadòu, Atendènt daj cjavaj, Cavalièr, Vecju, Studiòus,
Fràris e Atendèns.
Duchesa di Vanolta.
Lusìfar. Belzebub. Mefistòfil.
Ànzul Bon, Ànzul Trist, i Sièt Pecjàs Mortaj, Diàus, spirit di
Lesandro il Grant, li so Amàntis, e **Èlina di Troja.**
Chòrus.

17

Enter CHORUS.

CHORUS. Not marching in the fields of Thrasymene,
Where Mars did mate the warlike Carthagens;
Nor sporting in the dalliance of love,
In courts of kings where state is overturn'd;
Nor in the pomp of proud audacious deeds,
Intends our Muse to vaunt her heavenly verse:
Only this, gentles,--we must now perform
The form of Faustus' fortunes, good or bad:
And now to patient judgments we appeal,
And speak for Faustus in his infancy.
Now is he born of parents base of stock,
In Germany, within a town call'd Rhodes:
At riper years, to Wittenberg he went,
Whereas his kinsmen chiefly brought him up.
So much he profits in divinity,
That shortly he was grac'd with doctor's name,
Excelling all, and sweetly can dispute
In th' heavenly matters of theology;
Till swoln with cunning, of a self-conceit,
His waxen wings did mount above his reach,
And, melting, heavens conspir'd his overthrow;
For, falling to a devilish exercise,
And glutted now with learning's golden gifts,
He surfeits upon cursed necromancy;
Nothing so sweet as magic is to him,
Which he prefers before his chiefest bliss:
And this the man that in his study sits.
    [Exit.]

Al entra il Chorus[5].

Miga marcjànt in taj cjamps di Trašimene
indulà che Marte scuntràt al veva i Cartaginèis,
nè godìnt i tancju plašèis dal amòu
in taj palàs daj re, a scàpit dal bon governà,
e nencja'n ta ceremònis d'imprèšis gloriòšis
a 'ntìnt la nustra Muša di sflocjà'l so vers celestiàl:
doma chistu 'nvensi i vìn da recità:
i zìrus di furtuna di Fàustus, in ben e'n mal.
Adès da un udisi bon e pasiènt si spetàn un batimàn,
e i cjacaràn di un Fàustus encjamò in fàsis:
adès al nàs, di zent a la buna,
in Germania, in ta un païs clamàt Ròdes:
pì madùr di àis a Wertenberg al và,
e par èsi stàt daj parìncj' cuaši'n dut tiràt sù,
in taj stùdius religiòus si vev'a colp butàt:
e la materia scolastica'l veva tant onoràt[6]
che'l tìtul di Dotòr si veva'n puc timp meretàt,
e doventàt'l era'l miej di ogn'altri in tal disputà
li finèsis divìnis da la teologìa
fin che, crodìnt di èsi doventàt cuja sàja sè,
li so àlis di sera masa'n alt si'èrin levàdis,
e, cul disfàlis, il cjel lu veva fàt colà jù
par vèisi 'mbrojàt'n ta pretèšis diaulèscjs,
e pasùt di na cognosensa 'ndorada
a'mplenisi al và di na maladeta neromànsia.
Par luj nuja a è pì dols da la magìa,
cal preferìs pì sinò ogni altra gloria;
e chistu al è'l omp ch'i cjatàn in tal so studiu sintàt.
    [*Exit.*]

---

[5] *Chorus*: In tal teatro inglèis, "chorus" a si riferìs a un atòu che al inisi di na rapprešentasiòn al vèn tal palco par dà na idea—di sòlit in forma poetica—da la trama da la comedia ca stà par scuminsià.
[6] I "scolàstics" medievaj a si puntàvin sul rinfuarsà la fede ušànt la rašòn.

19

Scene One

FAUSTUS discovered in his study.

> FAUSTUS. Settle thy studies, Faustus, and begin
> To sound the depth of that thou wilt profess:
> Having commenc'd, be a divine in show,
> Yet level at the end of every art,
> And live and die in Aristotle's works.
> Sweet Analytics, 'tis thou hast ravish'd me!
> *Bene disserere est finis logicis.*
> Is, to dispute well, logic's chiefest end?
> Affords this art no greater miracle?
> Then read no more; thou hast attain'd that end:
> A greater subject fitteth Faustus' wit:
> Bid *Oeconomia* farewell, and Galen come:
> jodìnt *ubi desinit philosophus, ibi incipit medicus.*
> Be a physician, Faustus; heap up gold,
> And be eterniz'd for some wondrous cure:
> *Summum bonum medicinae sanitas,*
> The end of physic is our body's health.
> Why, Faustus, hast thou not attain'd that end?
> Are not thy bills hung up as monuments,
> Whereby whole cities have escap'd the plague,
> And thousand desperate maladies been cur'd?
> Yet art thou still but Faustus, and a man.
> Couldst thou make men to live eternally,
> Or, being dead, raise them to life again,
> Then this profession were to be esteem'd.
> Physic, farewell! Where is Justinian?

Scena 1

Fàustus in tal so stùdiu

Fàustus
Basta cul studià, Fàustus, e taca
a storcjà'l miej di chèl ch'i ti zaràs a profesà:
tacàt ch'i ti às, fati jodi mestri di teologìa,
ma sot sot vuarda di èsi pramàtic,
e oserva'n dut la lesiòn di Aristòtil.
Oh dols Analìticus, ti sòs tu ch'i ti mi'as cativàt:
bene disserere est finis logicis.
Disputà benòn—a vàja a finila doma lì la lògica?
A no ufrìsia sta art miracuj pì grancj'?
Alòr basta leši, che belzà ti às chèl ca ti ocòr.
'L intelèt di Fàustus al mèrita alc di miej.
Via *Oeconomia* duncja, e visìniti, Gàlen:
jodìnt *ubi desinit philosophus, ibi incipit medicus*[7].
Doventa miedi, Fàustus; fà bès a plen,
e vèn eternišàt par cualchi maravèa di cura;
summum bonum, medicinae sanitas,
la midišina a è doma pa la salùt dal cuarp.
Parsè, Fàustus, no àtu 'ncjamò otegnùt chèl?
A nol eše'l to cjacarà 'ntinzùt di aforìsmos?[8]
A no soni li to risètis doventàdis monumìns
ca ghi àn permetùt a sitàs intèris di evità la peste
e di curà miàrs di bruti malatìis;
e pur i ti rèstis doma Fàustus e un omp,
e un omp ti vorès cal vivès par sempri,
o da muart tornà a vivi di nòuf?
Alora sì che sta profesiòn a varès mèrit.
Adio midišina—'ndà cal è Gjustiniàn?

---

[7] Che riga chì a fà part da la edisiòn dal 1604.
[8] Riga ca mancja da la edisiòn dal 1616.

Si vna eademque res legatus duobus, alter rem,
alter valorem rei, &c.
A petty case of paltry legacies!
Exhoereditare filium non potest pater, nisi, &c.
Such is the subject of the institute,
And universal body of the law:
This study fits a mercenary drudge,
Who aims at nothing but external trash;
Too servile and illiberal for me.
When all is done, divinity is best:
Jerome's Bible, Faustus; view it well.
Stipendium peccati mors est.
             Ha!
                Stipendium, &c.

The reward of sin is death: that's hard.
Si peccasse negamus, fallimur, et nulla est in nobis
veritas;
    If we say that we have no sin, we deceive ourselves, and
    there
    is no truth in us. Why, then, belike we must sin,
    and so consequently die:
Ay, we must die an everlasting death.
What doctrine call you this, Che sera, sera,
What will be, shall be? Divinity, adieu!
These metaphysics of magicians,
And necromantic books are heavenly;
Lines, circles, scenes, letters, and characters;
Ay, these are those that Faustus most desires.
O, what a world of profit and delight,
Of power, of honour, and omnipotence,
Is promis'd to the studious artizan!

Si vna eademque res legatus duobus,
alter rem, alter valorem rei, &c.
Bruta sorta di ereditàs:
exhaereditari filium non potest pater, nisi—
chè a è la materia dal istitùt
e dal cuarp Catòlic da la Glišia.
Sta forma di studiu a è roba da mercenari
ca si punta doma'n ta porcarìa esterna,
roba masa basa e di vecja stampa par me:
a la fin daj cons, miej di dut a resta la teologìa.
La Bibia di Geronimo, studièila ben.
Stipendium peccati, mors est:
                    Ah!
                         Stipendium &c.
Il premiu dal pecjàt al è la muart? Oh, sacrabolt!
Si peccasse, negamus, fallimur, & nulla est in nobis veritas:
si dišin ch'i no vìn nisùn pecjàt,
i s'inganàn, e'n nu a no è veretàt.
E alora a ni tocja pecjà,
e di conseguensa murì;
a ni tocja murì di na muart eterna.
Sè dutrina a eše chista? *Che sera, sera*:
sè ca sarà a sarà; adio teologìa.
La metafišica daj màgus
e scju lìbris di neromansia a sòn roba da Diu:
lìniis, sìrcuj, lètaris, caràtars.
Scju chì a sòn chej che Fàustus pì di dut al vòu.
O sè mont di profìt e godimìnt,
d'influensa, onòu e onipotensa
che prometùt ghi è al praticànt studiòus!

All things that move between the quiet poles
 Shall be at my command: emperors and kings
 Are but obeyed in their several provinces;
 But his dominion that exceeds in this,
 Stretcheth as far as doth the mind of man;
 A sound magician is a demigod:
 Here tire, my brains, to gain a deity.

  Enter WAGNER.

Wagner, commend me to my dearest friends,
 The German Valdes and Cornelius;
 Request them earnestly to visit me.

  WAGNER. I will, sir.
   [Exit.]

  FAUSTUS. Their conference will be a greater help to me
Than all my labours, plod I ne'er so fast.

  Enter GOOD ANGEL and EVIL ANGEL.

  GOOD ANGEL. O, Faustus, lay that damned book aside,
 And gaze not on it, lest it tempt thy soul,
 And heap God's heavy wrath upon thy head!
 Read, read the Scriptures:--that is blasphemy.

  EVIL ANGEL. Go forward, Faustus, in that famous art
 Wherein all Nature's treasure is contain'd:
 Be thou on earth as Jove is in the sky,
 Lord and commander of these elements.
  [Exeunt ANGELS.]

24

Su dut chèl che fra i pòlos a si mòuf
i varaj contròl: re e imperatòus
doma'n ta li provìncis a sòn ubidìs:
ma'l dominio di chèl che pì'ncjamò al pòl
a si spànt fin là ca riva la mins dal omp.
Un bon magu al è un semidiu;
dati da fà, mins me, par clamà na divinitàt.

Al entra Wagner

Wagner, pàrtighi i me rispiès ai me pì cjars compàis.
I *germàns* Vàldes e Cornèlius,
e prèiju di vignì a cjatami.

Wagner

I lu faraj, messèr. [*Al và fòu.*]

Fàustus
Conferì cun lòu mi judarà tant di pì
sinò dut'l me sfadijà, par ben ch'i provi.

A èntrin il Ànzul bon e il Ànzul trist.

Ànzul bon
O Fàustus, buta via chel libri maladèt,
nosta lèšilu, ca no ti tenti l'ànima,
e ca no ti fedi colà l'ira di Diu'n tal cjaf.
Lès, lès li Scritùris: chel lì al è na maledisiòn.

Ànzul trist
Và pur 'ndavànt, Fàustus, cun che art famoša
ca governa ducju i tešòrus da la natura:
doventa tu'n ta sta cjera chèl che Gjove al è'n tal cjel,
siòr e'mperatòu di ducju i elemìns. [*Exeunt Ànzuj.*]

FAUSTUS. How am I glutted with conceit of this!
  Shall I make spirits fetch me what I please,
  Resolve me of all ambiguities,
  Perform what desperate enterprise I will?
  I'll have them fly to India for gold,
  Ransack the ocean for orient pearl,
  And search all corners of the new-found world
  For pleasant fruits and princely delicates;
  I'll have them read me strange philosophy,
  And tell the secrets of all foreign kings;
  I'll have them wall all Germany with brass,
  And make swift Rhine circle fair Wertenberg;
  I'll have them fill the public schools with silk,
  Wherewith the students shall be bravely clad;
  I'll levy soldiers with the coin they bring,
  And chase the Prince of Parma from our land,
  And reign sole king of all the provinces;
  Yea, stranger engines for the brunt of war,
  Than was the fiery keel at Antwerp-bridge,
  I'll make my servile spirits to invent.

      Enter VALDES and CORNELIUS.

  Come, German Valdes, and Cornelius,
  And make me blest with your sage conference.
  Valdes, sweet Valdes, and Cornelius,
  Know that your words have won me at the last
  To practice magic and concealed arts.
  Philosophy is odious and obscure;
  Both law and physic are for petty wits:
  'Tis magic, magic that hath ravish'd me.

Fàustus

Com'eše ch'i'ai dut stu sbušighès tal cjaf?
Ghi dìšiu ai spìris di partami sè ch'i vuej?
di sclarimi duti li ambiguitàs?
di fà dut chèl ca mi pàr e plàs?
I ju faj svualà'n India a cjòimi oru;
meti'l oceano sotsora pa la perla dal oriènt,
e zì'n sercja'n ta ducju i cjantòns dal me mont nòuf
par frutàn gustòus e delicatèsis da re?
Ghi faj leši la pì strana filošofìa
e contami i segrès di ducju i re forèscj'.
Ghi faj sierà duta la Germania cun'un mur di otòn,
e circondà la biela Wittenberga cu la curìnt dal Reno:
ghi faj 'mplenì li scuèlis di cognosensa
che di chè s'impasudìsin i studèns.
I pajaraj cuj bès ca partaràn
e i scorsaraj il siòr di Parma da la nustra cjera,
e re ùnic i doventaraj di duti li provìncis.
Nòuf strumìns di guera pì tremèns
di che chìlia ardìnt ušada'n tal punt d'Anversa
ghi faraj inventà ai me spirs ubidièns.
Vegnèit dentri Valdès e Cornèlius
e dèimi sodisfasiòn cu li vustri nòvis.

A èntrin Valdès e Cornèlius

Valdès, il me bon Valdès, e Cornèlius.
I vustri discòrs a mi àn a la fin cunvìnt
di praticà la magìa e li àrtis ocùltis.
La filošofìa mi è odioša e 'mpenetràbil:
la lès e la fìšica a sòn paj puc fùrbus;
a è la magìa, la magìa ca mi tira a simìnt!

27

Then, gentle friends, aid me in this attempt;
    And I, that have with subtle syllogisms
    Gravell'd the pastors of the German church,
    And made the flowering pride of Wittenberg
    Swarm to my problems, as th' infernal spirits
    On sweet Musaeus when he came to hell,
    Will be as cunning as Agrippa was,
    Whose shadow made all Europe honour him.

VALDES. Faustus, these books, thy wit, and our experience,
    Shall make all nations to canonize us.
    As Indian Moors obey their Spanish lords,
    So shall the spirits of every element
    Be always serviceable to us three;
    Like lions shall they guard us when we please;
    Like Almain rutters with their horsemen's staves,
    Or Lapland giants, trotting by our sides;
    Sometimes like women, or unwedded maids,
    Shadowing more beauty in their airy brows
    Than have the white breasts of the queen of love:
    From Venice shall they drag huge argosies,
    And from America the golden fleece
    That yearly stuffs old Philip's treasury;
    If learned Faustus will be resolute.

FAUSTUS. Valdes, as resolute am I in this
As thou to live: therefore object it not.

CORNELIUS. The miracles that magic will perform
Will make thee vow to study nothing else.
He that is grounded in astrology,
Enrich'd with tongues, well seen in minerals,
Hath all the principles magic doth require:

Duncja, compàis mès, dèimi na man, sù,
e jò, che cu la lògica pì fina ghi ài
'mplenìt il cjaf ai minìstros da la Glišia todescja,
e pleàt la societàt pì siorota di Wittenberg
a dedicasi al me concèt, coma i spirs di la jù
al bòn Mušèus cuant che zùt'l era tal infièr,
scaltri i saraj com'cal era Agripa,
che dom'cu la so'mbrena rispetà si feva da l'Europa'ntera.

Valdès
Fàustus, scju lìbris, la to fantašìa e l'esperiensa nustra
ni faràn doventà sans'n ta duti li nasiòns,
com'che i Mòrus indiàns a ubidìsin i so siòrs spagnoj:
cussì i spìris di ogni elemìnt
a saràn sempri a dispošisiòn di nuàltris tre:
coma leòns ni protešaràn cuant ch'i volìn;
coma guerièrs alemàns suj so destrièrs,
o gigàns laplandèis ca ni còrin in banda;
ogni tant coma fèminis o vedranùtis
ca àn pì bielesa'n ta la so front arioša
che'l sèn blanc dal la regina dal Amòu.
Da Venèsia a ti strasinaràn flòtis di nàfs
e da l'America il Vel di Oru,
che ogni àn a'mplenìvin'l tešoru di Filìp
—basta che Fàustus a si mantegni fuart.

Fàustus
Valdès, in chistu i restaraj tant fer
com'che tu ti sòs di vivi; nost'alor' vej nisuna obiesiòn.

Cornèlius
La magìa a ti farà fà di chej miracuj
che nuja di altri ti volaràs pì studià.
Chèl che ben 'struìt al è'n astrologìa,
e'n lènghis pur, e'n minerologìa,
al à dut chèl ca ghi ocòr a la magìa.

Then doubt not, Faustus, but to be renowm'd,
    And more frequented for this mystery
    Than heretofore the Delphian oracle.
    The spirits tell me they can dry the sea,
    And fetch the treasure of all foreign wrecks,
    Yea, all the wealth that our forefathers hid
    Within the massy entrails of the earth:
    Then tell me, Faustus, what shall we three want?

FAUSTUS. Nothing, Cornelius. O, this cheers my soul!
    Come, shew me some demonstrations magical,
    That I may conjure in some bushy grove,
    And have these joys in full possession.

VALDES. Then haste thee to some solitary grove,
    And bear wise Bacon's and Albertus' [24] works,
    The Hebrew Psalter, and New Testament;
    And whatsoever else is requisite
    We will inform thee ere our conference cease.

    CORNELIUS. Valdes, first let him know the words of
art;
    And then, all other ceremonies learn'd,
    Faustus may try his cunning by himself.

VALDES. First I'll instruct thee in the rudiments,
    And then wilt thou be perfecter than I.

FAUSTUS. Then come and dine with me, and, after meat,
    We'll canvass every quiddity thereof;
    For, ere I sleep, I'll try what I can do:
    This night I'll conjure, though I die therefore.
        [Exeunt.]

Nost'alora dubità, Fàustus, che pì famòus
e pì 'mploràt ti vegnaràs par scju mistèris
che'l Oràcul di Delfi na volta'l era.
A mi dìšin scju spirs ca pòsin secjà'l mar
e svelà i tešòrus da l'infondàdis nàfs stranièris:
dut'l oru, po, che platàt a àn i nustri antenàs
in tal bugjelàn che'n tal interno al è dal mont.
Dìšimi alora, Fàustus, sè volinu nuàltris tre?

Fàustus
Nuja, nuja, Cornèlius. O cuant solevàt ch'i mi sìnt.
Sù, fami jodi na prova di magìa
ch'i posi clamà sù in ta un biel boscùt
e gòdimi ducju scju tešòrus.

Valdès. Alora còr via'n ta un bosc solitari
e parta cun te li òperis dal sàviu Bacòn e dal Albàn[9],
il salmista ebrèo e'l Testamìnt Nòuf,
e cualsìasi altri arnèis cal ocòr:
t'informarìn a conferensa finida.

Cornèlius. Valdès, fàjghi prin savej li fòrmulis
e duti li cerimonis da ušà;
Fàustus sinò a ni cumbina una da li sos.

Valdès. T'insegni jò li primi nosiòns;
ti doventaràs dopo pì perfèt di me.

Fàustus
Vegnèit, duncja, ch'i senàn insièmit;
i zarìn dopo'n sercja di duti li finèsis;
che prin di durmì i vuej fà li pròvis:
ch'i vivi o ch'i mori, stanòt i faraj'l me màgic. [*Exeunt.*]

---

[9] Roger Bacon, astrologo; Pietro d'Albano (?), alchimista medievàl.

Scene 2

Enter two SCHOLARS.

FIRST SCHOLAR. I wonder what's become of Faustus, that was wont to make our schools ring with sic probo.

SECOND SCHOLAR. That shall we presently know; here comes his boy.

Enter WAGNER.

FIRST SCHOLAR. How now, sirrah! where's thy master?

WAGNER. God in heaven knows.

SECOND SCHOLAR. Why, dost not thou know, then?

WAGNER. Yes, I know; but that follows not.

FIRST SCHOLAR. Go to, sirrah! leave your jesting, and tell us where he is.

WAGNER. That follows not by force of argument, which you, being licentiates, should stand upon: therefore acknowledge your error, and be attentive.

Scena 2

A èntrin doj studiòus

Prin Studiòus
I vorès savej sè ca ghi è capitàt
a Fàustus cal feva li nustri scuèlis
sunà cul *sic probo*.

Al entra Wagner

Secònt Studiòus
I lu savarìn adès. Chì cal è'l so garzòn.

Prin Studiòus
Ejlà, fantàt, 'ndà cal è'l to paròn?

Wagner
A lu sà'l bon Diu.

Secònt Studiòus
Parsè no lu satu!

Wagner
Ma daj—i no vi ài dita ch'i no lu saj.

Secònt Studiòus
Basta cul schersà; dìšini 'ndulà cal è.

Wagner
'L argumìnt nol seguìs nisuna logica, che vuàltris, ch'i sèis
diplomàs, i varèsis da savèjlu; ametèit duncja il vustri sbàliu
e stèit atèns.

33

SECOND SCHOLAR. Then you will not tell us?

WAGNER. You are deceived, for I will tell you: yet, if you were not dunces, you would never ask me such a question; for is he not *corpus naturale*? and is not that mobile? then wherefore should you ask me such a question? But that I am by nature phlegmatic, slow to wrath, and prone to lechery (to love, I would say), it were not for you to come within forty foot of the place of execution, although I do not doubt but to see you both hanged the next sessions. Thus having triumphed over you, I will set my countenance like a precisian, and begin to speak thus:--Truly, my dear brethren, my master is within at dinner, with Valdes and Cornelius, as this wine, if it could speak, would inform your worships: and so, the Lord bless you, preserve you, and keep you, my dear brethren!

FIRST SCHOLAR. O Faustus!
Then I fear that which I have long suspected,
That thou art fall'n into that damned art
For which they two are infamous through the world.

SECOND SCHOLAR. Were he a stranger, not allied to me,
The danger of his soul would make me mourn.
But, come, let us go and inform the Rector:
It may be his grave counsel may reclaim him.

FIRST SCHOLAR. I fear me nothing will reclaim him now.

SECOND SCHOLAR. Yet let us see what we can do.
    [Exeunt.]

Secònt Studiòus
Alora i no ti ni lu dišaràs?

Wagner
I vi sbaliàis, parsè che sì ch'i vi lu dišaraj: e pur s'i no fòsis
stùpis i no mi farèsis maj na domanda cussì: a nol eše luj,
dopodùt, *corpus naturale*? E a nol eše chèl *mobile*? E alora
parsè mi fèišu che domanda? Ma s'a no fòs parsè ch'i soj
bon coma'l pan, ch'i faj fadìja a rabiami, e i soj pì partàt a la
lusùria (al amòu i dišarès), i sarèsis ben consiliàs di no vignì
pì visìns di cuaranta piè da la forcja, se ben ch'i soj sigùr di
jòdivi ducju doj 'mpicjàs pa la pròsima volta. Adès, duncja,
ch'i ài trionfàt sù di vuàltris, i mi sesti la muša coma un perìt
e i vi dìs chistu: In veretàt, i me bòis fràdis, il me Messèr al
è chì dentri cal sena cun Valdès e Cornèlius, com'che stu
vin chì, s'al podès cjacarà, al informarès li vustri ecelènsis: e
alora che'l Signòu vi benediši e ca vi proteši e tegni sans e
salfs, bòis fràdis mes.

Prin Studiòus
O Fàustus, i ài poura alora—coma ch'i mi spetavi—ch'i ti
sèdis colàt in ta che danada di art che par chè chej doj
disgrasiàs a sòn cognosùs da dut'l mont.

Secònt studiòus
Encja s'a mi fòs dal dut forestej
i sarès plen di dòu pa la salùt da la so ànima.
Ma zìn, zìn a contàjghilu al Diretòu:
a pòl dasi che'l so consej al posi salvalu.

Prin Studiòus
I ài poura ch'a no zovi pì nuja.

Secònt studiòus
Lo stès, jodìn sè ch'i podìn fà. [*Exeunt.*]

Scene 3

Thunder. Enter Lucifer and four devils, and Faustus

Enter FAUSTUS.

FAUSTUS. Now that the gloomy shadow of the night,
Longing to view Orion's drizzling look,
Leaps from th' antartic world unto the sky,
And dims the welkin with her pitchy breath,
Faustus, begin thine incantations,
And try if devils will obey thy hest,
Seeing thou hast pray'd and sacrific'd to them.
Within this circle is Jehovah's name,
Forward and backward anagrammatiz'd,
Th' abbreviated names of holy saints,
Figures of every adjunct to the heavens,
And characters of signs and erring stars,
By which the spirits are enforc'd to rise:
Then fear not, Faustus, to be resolute,
And try the utmost magic can perform.
　　[Thunder.]
Sint mihi dii Acherontis propitii! Valeat numen triplex
Jehovoe! Ignei, aerii, aquatani spiritus, salvete! Orientis
princeps Belzebub, inferni ardentis monarcha, et
Demogorgon, propitiamus vos, ut appareat et surgat
Mephistophilis

Scena 3

A si sìnt tonà. A èntrin Lusìfar e cuatri diàus, e Fàustus a lòu cun stu discòrs:

Fàustus
Adès che l'ombrena scura da la nòt,
volìnt tant jodi i puntìns luminòus[10] di Orion,
a còr sù dal mont antàrtic fin tal cjel,
imbrunìnt il firmamìnt cul so flat cjalinòus,
Fàustus, taca tu i to streamìns,
e jòt se i diàus, po, a faràn sè ch'i ti vòus,
dal momènt ch'i ti'u às preàs e fàt ti ghi às ofèrtis.
In ta stu sìrcul al è'l nòn di Gjeovah
par davànt e par davòu anagramàt:
i nòns abreviàs daj sans pì grancj',
figùris di ogni sorta pal cjel lasù,
e caràtars e sens e comètis,
ca ghi comàndin ai spirs di fasi jodi:
para'ndavànt alora, Fàustus; maj vej poura,
e storcja fòu dut chèl che'l màgic al pòl dà.

A si sìnt tonà:
Sint mihi Dei Acherontis propitii! Valeat numen triplex Jehovae! Ignei, aerii, aquatani spiritus, salvete! Orientis princeps Belzebub, inferni ardentis monarcha, et Demogorgon, propitiamus vos, ut appareat et surgat Mephistophilis.

---

[10] Pròpit i no mi la sìnt di ušà la tradusiòn leteràl: *aspièt pluvisinòus.*

Dragon, quod tumeraris: per Jehovam, Gehennam, et consecratam aquam quam nunc spargo,
signumque crucis quod nunc facio, et per vota nostra, ipse nunc surgat nobis dicatus Mephistophilis!

Enter MEPHISTOPHILIS.

I charge thee to return, and change thy shape;
Thou art too ugly to attend on me:
Go, and return an old Franciscan friar;
That holy shape becomes a devil best.
    [Exit MEPHISTOPHILIS.]

I see there's virtue in my heavenly words.
Who would not be proficient in this art?
How pliant is this Mephistophilis,
Full of obedience and humility!
Such is the force of magic and my spells.

    Re-enter MEPHISTOPHILIS like a Franciscan friar.

    MEPHIST. Now, Faustus, what wouldst thou have me do?

Quid tu moraris? per Jehovam, Gehennam et consecratum
aquam quam nunc spargo, signumque crucis quod nunc
facio, et per vota nostra, ipse nunc surgat nobis dicatus
Mephistophilis![11]

Al vèn dentri un diàu

Và via di chì, e cambia la to forma;
ti sòs masa brut par compagnami;
và, e torna 'ndavòu da frari Francescàn,
che na figura santa a ghi zova tant a un diàu.
Il diàu al và fòu.

Adès i jòt il mèrit da li me peràulis divìnis.
Cuj nol vorèsia èsi bon di praticà chist'art?
Cuant fidàbil al eše Mefistòfil?
Duta ubidiensa e umiltàt—
èco la potensa da la magìa e daj me 'ncjantèšins.

Al entra Mefistòfil (vistìt da frari)

Mefisto
Alora Fàustus, sè vuti ch'i fedi?

---

[11] Fèit i bràvos cun me, dèos dal Acherònt! Ca prevali la triplica
divinitàt di Gjeovah! Spìris dal fòuc, da l'aria, da l'aga—salve! Principe
dal Orient, Belzebub, re dal infièr ardìnt, e Demogòrgon, vuàltris i vi
propisiàn, che Mefistòfil a si fedi jòdi chì. Sè spètitu? In nòn di Gjeovah,
Gehena, e l'aga consacrada ch'i spànt adès, e'l sen da la cròus ch'i faj
adès, e pa li nustri prejèris, ca si fedi adès jodi Mefistòfil, da nuàltris
clamàt!

FAUSTUS. I charge thee wait upon me whilst I live,
To do whatever Faustus shall command,
Be it to make the moon drop from her sphere,
Or the ocean to overwhelm the world.

MEPHIST. I am a servant to great Lucifer,
And may not follow thee without his leave:
No more than he commands must we perform.

FAUSTUS. Did not he charge thee to appear to me?

MEPHIST. No, I came hither of mine own accord.

FAUSTUS. Did not my conjuring speeches raise thee?
speak!

MEPHIST. That was the cause, but yet per accidens;
For, when we hear one rack the name of God,
Abjure the Scriptures and his Saviour Christ,
We fly, in hope to get his glorious soul;
Nor will we come, unless he use such means
Whereby he is in danger to be damn'd.
Therefore the shortest cut for conjuring
Is stoutly to abjure all godliness,
And pray devoutly to the prince of hell.

FAUSTUS. So Faustus hath
Already done; and holds this principle,
There is no chief but only Belzebub;
To whom Faustus doth dedicate himself.

Fàustus

I ti comandi di stà sempri cun me
e di fà dut chèl che Fàustus a ti òrdina di fà,
ca si trati di fà colà la luna da la so sfera,
o di inondà'l mont cu li òndis dal oceano.

Mefisto

I soj servitòu dal grant Lusìfar
e i no pòl compagnati sensa il so permès;
i podìn fà doma chèl che luj ni comanda.

Fàustus

A no ti àja comandàt di vignì chì?

Mefisto

No, i ài jò volùt vignì chì.

Fàustus

A nol eše stàt il me'ncjantèšin ca ti'a
clamàt uchì? Dìs sù.

Mefisto

Chè a era la causa, ma doma *per accident*:
Pars'che cuant ch'i sintìn un cal bestema'l nòn di Diu,
o cal dinèa li Scritùris o Crist il Redentòu,
i ghi corìn dongja speràant d'otegni'l so spirt gloriòus;
e'i no vignìn, se pì ca nol fà jodi alc
ca lu mèt in rìscju di vignì danàt.
Duncja la miej maniera par clamani
a è chè di voltàjghi li spàlis a la bontàt
e di preà cun devosiòn il Re dal infièr.

Fàustus

Chèl, Fàustus al à belzà fàt, e a ghi cròt a chistu,
cal ešìst doma un imperatòu, Belzebub:
e a chèl a si dedica Fàustus, doma a chèl.

41

This word "damnation" terrifies not me,
    For I confound hell in Elysium:
    My ghost be with the old philosophers!
    But, leaving these vain trifles of men's souls,
    Tell me what is that Lucifer thy lord?

MEPHIST. Arch-regent and commander of all spirits.

FAUSTUS. Was not that Lucifer an angel once?

MEPHIST. Yes, Faustus, and most dearly lov'd of God.

FAUSTUS. How comes it, then, that he is prince of
devils?

MEPHIST. O, by aspiring pride and insolence;
For which God threw him from the face of heaven.

FAUSTUS. And what are you that live with Lucifer?

MEPHIST. Unhappy spirits that fell with Lucifer,
Conspir'd against our God with Lucifer,
And are for ever damn'd with Lucifer.

FAUSTUS. Where are you damn'd?

MEPHIST. In hell.

Sta peraula "danasiòn" a no mi fà nisùn timòu,
che o'l infièr o'l paradìs a mi puc m'impuarta.
Il me spìrit al è cuj filòšofos antìcs.
Ma lasàn stà sti monàdis da li nustri ànimis
e dìsmi: sè'l eše Lusìfar, il Signòu to?

Mefisto
Àrci-Re al è, e'mperatòu di ducju i spirs.

Fàustus
A nol èria na volta stàt un ànzul?

Mefisto
Sigùr, Fàustus, e'l pì benvolùt da Diu.

Fàustus
Com'a èšia alora cal è principe daj diàus?

Mefisto
Par èsi stàt plen di supiàrbia e 'nsolensa;
che par chèl Diu a lu'a casàt fòu dal paradìs.

Fàustus
E tu sè sotu ch'i ti vifs cun Lusìfar?

Mefisto
I puòrs spìris ch'a vìvin cun Lusìfar
a vèvin complotàt cuntra Diu cun Lusìfar
e danàs par sempri a sòn cun Lusìfar.

Fàustus
Indulà i sèišu danàs?

Mefisto
In tal infièr.

FAUSTUS. How comes it, then, that thou art out of hell?

MEPHIST. Why, this is hell, nor am I out of it:
Think'st thou that I, that saw the face of God,
And tasted the eternal joys of heaven,
Am not tormented with ten thousand hells,
In being depriv'd of everlasting bliss?
O, Faustus, leave these frivolous demands,
Which strike a terror to my fainting soul!

FAUSTUS. What, is great Mephistophilis so passionate
For being deprived of the joys of heaven?
Learn thou of Faustus manly fortitude,
And scorn those joys thou never shalt possess.
Go bear these tidings to great Lucifer:
Seeing Faustus hath incurr'd eternal death
By desperate thoughts against Jove's deity,
Say, he surrenders up to him his soul,
So he will spare him four and twenty years,
Letting him live in all voluptuousness;
Having thee ever to attend on me,
To give me whatsoever I shall ask,
To tell me whatsoever I demand,
To slay mine enemies, and to aid my friends,
And always be obedient to my will.
Go, and return to mighty Lucifer,
And meet me in my study at midnight,
And then resolve me of thy master's mind.

MEPHIST. I will, Faustus.

[Exit.

Fàustus
Com'a eše alora ch'i ti sòs fòu dal infièr?

Mefisto
Al è chistu'l infièr: i no soj fòu di chèl.
I pènsitu tu che jò ch'i ài jodùt la muša di Diu
e sercjàt il ben eterno dal cjel
i no sedi tormentàt da dèis mil infièrs
par èsi stàt deprivàt da la beatitùdin eterna?
O Fàustus, bandona sti monàdis
ca fàn tremà di poura la me puor' ànima.

Fàustus
Parsè ghi displàšia cussì tant al grant Mefistòfil
di vej pierdùt li contentèsis dal cjel?
Impara da la fuarsa virìl di Fàustus
e rìdighi'n muša al ben che maj ti podaràs vej.
Và, và a partàjghi sti nòvis al grant Lusìfar,
savìnt che Fàustus a si'a meretàt di murì par sempri
cuj so disgrasiàs di pensèis cuntra'l Amòu Divìn:
dìšighi cal pòl ben vej l'ànima so
s'a lu lasa stà par vincjacuatri àis
lìbar di vivi na vita colma di plašèis,
cun te sempri pront di servimi,
di dami cualsìasi roba ch'i domandi,
di dìšimi dut chèl ch'i vuej savej,
di fà fòu i me 'versàris, di judà i me compàis,
e di ubidì sempri il me volej.
Còr, e torna là di Lusìfar il potènt,
e torna a cjatami'n tal me studiu a miešanòt,
par fami cognosi'l pensej dal to Mestri.

Mefisto
I lu faraj, Fàustus.
                    [Al và fòu.]

45

FAUSTUS. Had I as many souls as there be stars,
    I'd give them all for Mephistophilis.
    By him I'll be great emperor of the world,
    And make a bridge thorough [37] the moving air,
    To pass the ocean with a band of men;
    I'll join the hills that bind the Afric shore,
    And make that country continent to Spain,
    And both contributary to my crown:
    The Emperor shall not live but by my leave,
    Nor any potentate of Germany.
    Now that I have obtain'd what I desir'd,
    I'll live in speculation of this art,
    Till Mephistophilis return again.

[Exit.]

Fàustus

Si vès altritanti ànimis da li stèlis lasù,
i li darès dùtis sù par Mefistòfil.
Cun luj i saraj un grant imperatòu dal mont
e un punt che'n taj munumìns da l'aria
al pasarà'l oceano: cun un scjàp di òmis
i zaraj a zontà li montàgnis ca vàn fin in Àfrica
e fala doventà dut'una cu la Spagna,
cussì che duti dos tribùt ghi fèdin a la me corona.
'L imperatòu al vivarà doma cul me permès,
e cussì ogni principe todesc.
Adès ch'i ài otegnùt sè ch'i volevi
i vìf in amirasiòn di chista art
fin che chì di nòuf al torna Mefistòfil.

[*Exit.*]

47

Scene 4

[A street.]

Enter WAGNER and CLOWN.

WAGNER. Come hither, sirrah boy.

CLOWN. Boy! O, disgrace to my person! zounds, boy in your face! You have seen many boys with beards, I am sure.

WAGNER. Sirrah, hast thou no comings in?

CLOWN. Yes, and goings out too, you may see, sir.

WAGNER. Alas, poor slave! see how poverty jests in his nakedness! I know the villain's out of service, and so hungry, that I know he would give his soul to the devil for a shoulder of mutton, though it were blood-raw.

CLOWN. Not so neither: I had need to have it well roasted, and good sauce to it, if I pay so dear, I can tell you.

WAGNER. Sirrah, wilt thou be my man, and wait on me, and I will make thee go like *Qui mihi discipulus*?

Scena 4

[Na strada.]

A èntrin Wagner e il Bufòn.

Wagner
Ejlà, ludro di nini, vèn chì.

Bufòn
Sè nini! Nini da l'òstia! Cuancju nìnis i vèišu maj jodùt cu na barbuta coma la me? Nini—zèit sul òsti cul nini!

Wagner
Còntimi, ludro, i'atu alc ca ti vèn dentri?

Bufòn
Sigùr—e alc ca mi và fòu, i jodarèis ben.

Wagner
Sè pecjàt, sè pecjàt! Jòjtu com'che la mišèria a cjoj inziru encja la so nujetàt? Stu vilàn al è miès nut e dišocupàt, e cussì plen di fan ch'i saj ca ghi darès l'ànima al diàu pa na brušaduluta, encja s'encjamò duta sanganada.

Bufòn
Coma? La me ànima al diàu par na brušaduluta encja s'encjamò duta sanganada! Miga vera, eh, siòr me. Pa la madona, i la vorès ben brustulada e cun un biel puc di tocju insima, s'a mi tocjarès pajala cussì cjara.

Wagner
Và ben, và ben. Mi servistu alora, e jò i ti faj zì coma *qui mihi discipulus*?

49

CLOWN. What, in verse?

WAGNER. No, slave; in beaten silk and staves-acre.

CLOWN. How, how, Knave's acre! Ay, I thought that was all the land his father left him. Do you hear? I would be sorry to rob you of your living.

WAGNER. Sirrah, I say in stavesacre.

CLOWN. Oho! Oho! Stavesacre! Why, then, belike If I were your man I should be full of vermin.

WAGNER. Why, so thou shalt be, whether thou dost it or no But, sirrah, leave your jesting, and presently bind thyself to me for seven years, or I'll turn all the lice about thee into familiars, and make them tear thee in pieces.

CLOWN. Do you hear, sir? You may save yourself a labour, for they are too familiar with me already. Swowns! They are as bold with my flesh as if they had paid for their meat and drink.

WAGNER. Well, sirrah, leave your jesting, and take these guilders.
    [Gives money.]

Bufòn
Coma—in vers?

Wagner
No, ludro, in seda stirada e in delfìnio[12].

Bufòn
Coma? coma? Il cjamp dal delfìn manigoldo[13]? Adès i saj—il cjampùt ca ghi veva lasàt so pari. Mi scoltàišu? A mi displašarès di robavi di chel puc ch'i vèis.

Wagner
Ludro—i'ai dita delfìnio.

Bufòn
Oh, adès i'ai capìt! Delfìnio! Alora si fòs il vustri omp i sarès plen di vièrs da purgà!

Wagner
E cussi i ti saràs, ch'i ti sèdis cun me o no. Ma lasa stà'l schersà, ludro, e adès unìsiti cun me par sièt àis, che sinò i ghi comandaraj a ducju i to pedoj di trasformasi in spirs ca si mètin a becotati par dut.

Bufòn
Sìntèit, Messèr? I podèis sparegnavi'l sudòu; a mi sòn belzà dùcjus di cjaša. Sacramènt! A si profitin da la me cjar coma s'a vèsin zà pajàt par bisteca e cuartùt.

Wagner. Jòjtu mo, ludro? Cjò, cjapa chì sti monèdis.
                                            [*A ghi dà bès.*]

---

[12] Planta ušada coma purgatìf.
[13] Il zòuc di peràulis chì a si punta sul originàl "stavesacre" (*delfinio*) che il bufòn al stracapìs coma "Knave's Acre," na strada di Londra cognosuda pa la so malavita.

51

CLOWN. Gridirons! What be they?

WAGNER. Why, French crowns.

CLOWN. Mas, but for the name of French crowns, a man were as good have as many English counters. And what should I do with these?

WAGNER. Why, now, sirrah, thou art at an hour's warning, whensoever and wheresoever the Devil shall fetch thee.

CLOWN. No, no. Here, take your gridirons again.

WAGNER. Truly, I'll none of them.

CLOWN. Truly, but you shall.

WAGNER. Bear witness I gave them him.

CLOWN. Bear witness I gave them you again.

WAGNER. Well, I will cause two devils presently to fetch thee away—Baliol and Belcher.

Bufòn
Gridèlis! Sè soni?

Wagner
Corònis fransèšis, èco sè.

Bufòn
Òstia, ma par vej corònis fransèšis un al varès da vej altritanti monèdis inglèšis. Sè àju da fà cun chìstis?

Wagner
Èco alora, ludro; ti pòs vignì clamàt entri un'ora, in cualsìasi momènt o post che'l Diàu al voli clamati.

Bufòn
No, no. Cjò, cjolèit chì di nòuf li vustri gridèlis.

Wagner
I no vuej intrigami di lòu.

Bufòn
Coma no; èco chì.

Wagner
Mi sèis testimònis ch'i ghi li ài dàtis.

Bufòn
Mi sèis testimoni ch'i ghi li ài tornàdis.

Wagner
Alora i clamaraj doj diàus ca ti pàrtin via—Bàliol e Bèlcer.

CLOWN. Let your Baliol and your Belcher come here, and I'll knock them, they were never so knock'd since they were devils. Say I should kill one of them, what would folks say? "Do you see yonder tall fellow in the round slop—he has kill'd the devil." So I should be called Kill-devil all the parish over.

Enter two Devils: the Clown runs up and down crying

WAGNER.
Baliol and Belcher! Spirits, away!

[Exeunt Devils.]

CLOWN. What, are they gone? A vengeance on them, they have vile long nails! There was a he-devil, and a she-devil! I'll tell you how you shall know them: all he-devils has horns, ald all she-devils has clifts and cloven feet.

WAGNER. Well, sirrah, follow me.

CLOWN. But, do you hear—if I should serve you, would you teach me to raise up Banios and Belcheos?

WAGNER. I will teach you to turn yourself to anything; to a dog, or a cat, or a mouse, or a rat, oe anything.

Bufòn
Clamàit pur il vustri Bàliol e il Bèlcer, e i ghi daj na
bastonada di chès ca no àn maj vùt da cuant ca sòn diàus.
Dišìn ch'i'n copi un, sè dišaraja la zent? "I jodèišu chel
spilungòn là cuj sbarghesòns a la svuava—al è chèl cal à
copàt il diàu." I vegnaraj cussì clamàt il copadòu di diàus
par duta la pleva.

   [*A vègnin dentri doj diàus: il Bufòn al còr sù e jù
planzìnt.*]

Wagner
Bàliol e Bèlcher! Spìris, via di chì.

                    [*Exeunt i diàus.*]

Bufòn
Ma—a sòn sparìs? Ca ghi vegni un colp! Sè òngulis lùngis
ca vèvin! A era un diàu mascju e un diàu fèmina! Vi dìs
adès coma cognòsiu: ducju i diàus màscjus a àn cuars, e
ducju i diàus fèmina a àn i sòcuj cuj sclaps.

Wagner
Alora, ludro, vèn cun me.

Bufòn
Ma scoltàimi, mo. Si vi servìs, mi insegnàišu a clamà sù
Bànios e Bèlceos?

Wagner
I t'insegni a voltati in dut sè ch'i ti vòus: in cjan, o in gjat, o
in surìs o in pantiana—sè ch'i ti vòus.

55

CLOWN. How! A Christian fellow to a dog or a cat, a mouse or a rat! No,no, sir. If you turn me into anything, let it be in the likeness of a little pretty frisky flea, that I may be here and there and everywhere. Oh, I'll tickle the pretty wenches' plackets; I'll be amongs them, Ii faith.

WAGNER. Well, sirrah, come.

CLOWN. But, Do you hear, Wagner?

WAGNER. How, Baliol and Belcher!

CLOWN. O Lord! I pray, sir, let Banio and Belcher go sleep.

WAGNER. Villlain—call me Master Wagner, and let thy left eye be diameterily fixed upon my right heel, with quasi vestigias nostras insistere. [*Exit.*]

CLOWN. God forgive me, he speaks Dutch fustian. Well, I'll follow him, I'll serve him, that's flat. [*Exit.*]

Bufòn
Ma và! Un cristiàn in ta un cjàn o'n ta' un gjàt, o'n ta na
surìs o pantiana! No, no, Messèr. Si mi cambiàis in alc, ca
sedi in cualchicjusa ca ghi somèa a na pulsuta plena di
murbìn, ch'i posi èsi chì, lì e dapardùt. Oh sè ghìtis ch'i ghi
faraj a li frutàtis, sot da li còtulis; a è là ch'i mi cjatarèis, zèit
sul òsti.

Wagner
Benòn, ludro, vèn.

Bufòn
Ma mi scoltàišu, Wagner?

Wagner
Coma? Bàliol e Bèlcer!

Bufòn
Oh Signòu! Vi prej, Messèr, lasàit che Bànio e Bèlcer a
zèdin a durmì.

Wagner
Canaja—clàmimi Siòr Wagner, e che'l to vuli sinistrìn al
vuardi di sbiegu il me talòn destri cun *cuasi vestigias
insistere*[14].

[Exit]

Bufòn
Che Diu mi perdoni, al parla un olandèis vistìt di fiesta. Và
ben, ghi vaj davòu. I lu serviraj, nuja da fà.

[Exit]

---

[14] Coma pestasànt ta li nustri òlmis.

Scene 5

    FAUSTUS discovered in his study.

FAUSTUS. Now, Faustus,
Must thou needs be damn'd, canst thou not be sav'd.
What boots it, then, to think on God or heaven?
Away with such vain fancies, and despair;
Despair in God, and trust in Belzebub:
Now, go not backward, Faustus; be resolute:
Why waver'st thou? O, something soundeth in mine ear,
"Abjure this magic, turn to God again!"
Why, he loves thee not;
The god thou serv'st is thine own appetite,
Wherein is fix'd the love of Belzebub:
To him I'll build an altar and a church,
And offer lukewarm blood of new-born babes.

    Enter GOOD ANGEL and EVIL ANGEL.

EVIL ANGEL. Go forward, Faustus, in that famous art.

GOOD ANGEL. Sweet Faustus, leave that execrable art.

FAUSTUS. Contrition, prayer, repentance--what of
these?

GOOD ANGEL. O, they are means to bring thee unto
heaven!

Scena 5

Fàustus in tal so studiu

Fàustus
Adès Fàustus ti sòs danàt
e no ti podaràs pì vignì salvàt:
a'mpuàrtia alora pensà di Diu o dal cjel?
Basta cun st'ilušiòns e dispera:
dispera in Diu e cunfida in Belzebub.
Indavòu no si và: Fàustus, ti às di èsi fuart.
Statu ešitànt? Sè sìntiu'n ta l'orela?—
"Bandona la magìa, torna cun Diu!"
Alora Fàustus al torna di nòuf cun Diu.
Cun Diu?—Ma Diu a nol vòu pì vèjti.
Il Diu ch'i ti servìs al è'l to apetìt,
che'n ta chèl al è'l to amòu par Belzebub.
A luj ghi faj un altàr e na glišia,
e'i ghi ufrìs il sanc tièpit di frutùs apena nasùs.

A èntrin un Ànzul Bon e un Ànzut Trist

Ànzul Bon
Fàustus, bandona sta orìbil art.

Fàustus
Contrisiòn, preà, pentimìnt! Sè fàju di lòu?

Ànzul Bon
A sòn chej ca ti pàrtin in paradìs.

59

EVIL ANGEL. Rather illusions, fruits of lunacy,
That make men foolish that do use them most.

GOOD ANGEL. Sweet Faustus, think of heaven and
heavenly things.

EVIL ANGEL. No, Faustus; think of honour and of
wealth.
[Exeunt ANGELS.]

FAUSTUS. Wealth!
Why, the signiory of Embden shall be mine.
When Mephistophilis shall stand by me,
What power can hurt me? Faustus, thou art safe:
Cast no more doubts.--Mephistophilis, come,
And bring glad tidings from great Lucifer;--
Is't not midnight?--come Mephistophilis,
And bring glad tidings from great Lucifer;--
Veni, veni, Mephistophile!

Enter MEPHISTOPHILIS.

Now tell me what saith Lucifer, thy lord?

MEPHIST. That I shall wait on Faustus whilst he lives,
So he will buy my service with his soul.

FAUSTUS. Already Faustus hath hazarded that for thee.

Ànzul Trist
Pitòst ilušiòns, roba da lunàtics
ca stupidìs la zent che di chès ghi và davòu.

Ànzul Bon
Oh bon Fàustus, pènsighi al paradìs.

Ànzul Trist
No, Fàustus, pensa doma al onòu e ai bès.

[*Exeunt ànzuj*]

Fàustus
                    Ai bès!
Alora la contèa di Embden a sarà to.
Cun Mefistòfil in banda di te
Cual Diu ti urtaràja, Fàustus? Ti sòs sigùr.
Basta timòus. Vèn, vèn Mefistòfil,
E pàrtimi buni nòvis dal grant Lusìfar.
A no eše miešanòt? Vèn, Mefistòfil,
Veni, veni, Mephistophile!

[*Al entra Mefistòfil*]

Dìšimi alora, sè'l dìšia'l to siòr, Lusìfar?

Mefisto
Ch'i serviraj Fàustus fin cal vìf,
che par chèl al pajarà cun l'ànima so.

Fàustus
Par te, Fàustus al à zà metùt chè in zòuc.

MEPHIST. But now thou must bequeath it solemnly,
  And write a deed of gift with thine own blood;
  For that security craves Lucifer.
  If thou deny it, I must back to hell.

FAUSTUS. Stay, Mephistophilis, and tell me, what good
will my soul do thy lord?

MEPHIST. Enlarge his kingdom.

FAUSTUS. Is that the reason why he tempts us thus?

MEPHIST. Solamen miseris socios habuisse doloris.

FAUSTUS. Why, have you any pain that torture others?

MEPHIST. As great as have the human souls of men.
  But, tell me, Faustus, shall I have thy soul?
  And I will be thy slave, and wait on thee,
  And give thee more than thou hast wit to ask.

FAUSTUS. Ay, Mephistophilis, I'll give it thee.

MEPHIST. Then, Faustus, stab thine arm courageously,
  And bind thy soul, that at some certain day
  Great Lucifer may claim it as his own;
  And then be thou as great as Lucifer.

Mefisto
Ma fàustus, ti às di èsi sèriu'n tal dala sù,
e firma'l contràt di donasiòn cul to stes sanc,
che su che garansìa al insìst Lusìfar il grant.
Se cussì no ti vòus, i torni tal infièr.

Fàustus
Fèr, Mefistòfil! E dìšimi sè profit
ca ghi darà'l me spìrit al to Siòr.

Mefisto. Il ingrandimìnt dal so regnu.

Fàustus. A eše par chèl ca ni tenta cussì?

Mefisto
Solamen miseris socios habuisse doloris[15].

Fàustus. Ma sè vèišu—dolòus ca tormèntin altra zent?

Mefisto
Altritànt grancj' di chej che la zent a à belzà'n ta l'ànima.
Ma dìs sù, Fàustus, i varaju la to ànima?
E i saraju'l to sclaf, par serviti
e dati pì di chèl ch'i ti às sintimìnt di volej?

Fàustus
Sì, Mefistòfil, i ti la daj.

Mefisto
Alora, Fàustus, spùnziti'l bras da bravo
e'mpegna l'ànima to che na dì
il grant Lusìfar al posi scuèdila;
e'i ti saràs dopo grant coma Lusìfar.

---

[15] Doma la mišeria daj àltris a ni permèt di spuartà I nustri dolòus.

63

FAUSTUS. [Stabbing his arm] Lo, Mephistophilis, for love of thee,
Faustus hath cut his arm, and with his proper blood
Assures his soul to be great Lucifer's,
Chief lord and regent of perpetual night!
View here this blood that trickles from mine arm,
And let it be propitious for my wish.

MEPHIST. But, Faustus,
Write it in manner of a deed of gift.

FAUSTUS. [Writing] Ay, so I do. But, Mephistophilis,
My blood congeals, and I can write no more.

MEPHIST. I'll fetch thee fire to dissolve it straight.
    [Exit.]

FAUSTUS. What might the staying of my blood portend?
Is it unwilling I should write this bill?
Why streams it not, that I may write afresh?
Faustus gives to thee his soul: O, there it stay'd!
Why shouldst thou not? is not thy soul thine own?
Then write again, *faustus gives to thee his soul*.

Re-enter MEPHISTOPHILIS with the chafer of fire.

MEPHIST. See, Faustus, here is fire; set it on.

Fàustus [spunzìnt il so bras]
Èco, Mefistòfil pal ben ch'i ti vuej,
i mi ài fàt un taj'n tal bras, e cul me sanc
i impegni'l me spìrit par èsi di Lusìfar,
imperatòu e re da la nòt perpètua!
Jòt chì il sanc ca mi gota dal bras,
e vuarda ca ghi zovi al me dešideri.

Mefisto
Ma vuarda Fàustus ca ti tocja
scrìvilu in forma di contràt di regàl.

Fàustus
Và ben, èco chì. [*Al scrìf.*] Ma mefistòfil,
il me sanc a s'indurìs, e'i no pòl pì scrivi.

Mefisto
I vaj a cjòiti'l fòuc par smuelàlu.

[*Al và fòu.*]

Fàustus
Sè'l vòlia maj diši stu'ndurimìnt di sanc?
A nol vòlia lasami firmà stu contràt?
Parsè nol scòria ch'i posi tacà di nòuf a scrivi?
Fàustus a ti dà la so ànima. Lì a si à fermàt.
Parsè no varèsitu? A nol eše'l to spìrit?
Alora scrìf di nòuf: *Fàustus a ti dà la so ànima.*

[*Al entra di nòuf Mefistòfil cun un vas di cjarbòns rovàns.*]

Mefisto
Èco'l fòuc. Vèn chì, Fàustus, mètilu 'nsima.

FAUSTUS. So, now the blood begins to clear again;
   Now will I make an end immediately.
      [Writes.]

MEPHIST. What will not I do to obtain his soul?
   [Aside.]

FAUSTUS. Consummatum est; this bill is ended,
And Faustus hath bequeath'd his soul to Lucifer.
But what is this inscription on mine arm?
Homo, fuge: whither should I fly?
If unto God, he'll throw me down to hell.
My senses are deceiv'd; here's nothing writ:--
O, yes, I see it plain; even here is writ,
Homo, fuge: yet shall not Faustus fly.

MEPHIST. I'll fetch him somewhat to delight his mind.
   [Aside, and then exit.]

   Enter DEVILS, giving crowns and rich apparel to
FAUSTUS.
   They dance, and then depart.

   Re-enter MEPHISTOPHILIS.

FAUSTUS. What means this show? speak,
Mephistophilis.

MEPHIST. Nothing, Faustus, but to delight thy mind,
   And let thee see what magic can perform.

FAUSTUS. But may I raise such spirits when I please?

Fàustus
Alora'l sanc al taca a scori di nòuf;
Adès i vaj a fala finida. [*Al scrìf.*]

Mefisto [*a sè stes*]
Oh ma sè no faraju par otegni'l so spìrit!

Fàustus
Consummatum est: il contràt al è fàt,
e Fàustus a ghi à lasàt l'ànima a Lusìfar—
Ma sè eše scrìt in tal me bras?
Homo, fuge! Indulà i varèsiu da scjampà?
Se a Diu, a mi casa jù in tal infièr.
I me vuj a m'ingànin: uchì a no è scrìt nuja.
Ma sì ch'i lu jòt; èco chì ca è scrìt
Homo, fuge! E pur Fàustus a nol scjampà.

Mefisto
I clami alc par stravià la so mins.

[*Exit.*]

[*Al entra di nòuf cun un scjap di diàus, ca ghi dàn corònis e
vistìs costòus a Fàustus; a bàlin e a sparìsin.*]

Fàustus
Dìs sù, Mefistòfil, sè'l vòlia diši stu spetàcul?

Mefisto
Nuja, Fàustus; al vòu doma divertiti
e fati jodi sè ca pòl fà la magìa.

Fàustus
Ma i pòsiu clamà sù spìris cuant ca mi pàr e plàs?

MEPHIST. Ay, Faustus, and do greater things than these.

FAUSTUS. Then, Mephistophilis, receive this scroll,
A deed of gift of body and of soul:
But yet conditionally that thou perform
All covenants and articles between us both!

MEPHIST. Faustus, I swear by hell and Lucifer
To effect all promises between us both!

FAUSTUS. Then hear me read it, Mephistophilis.
   [Reads.]
*On these conditions following. First, that Faustus may
be a spirit in form and substance. Secondly, that
Mephistophilis shall be his servant, and be by him
commanded. Thirdly, that Mephistophilis shall do for him,
and bring him whatsoever he desires. Fourthly, that he shall
be in his chamber or house invisible. Lastly, that he shall
appear to the said John Faustus, at all times, in what shape
and form soever he please. I, John Faustus, of Wittenberg,
doctor, by these presents, do give both body and soul to
Lucifer Prince of the East, and his minister Mephistophilis;
and furthermore grant unto them, that, four-and- twenty
years being expired, and these articles above-written
being inviolate, full power to fetch or carry the said John
Faustus,body and soul, flesh and blood, into their habitation
wheresoever. By me, John Faustus.*

MEPHIST. Speak, Faustus, do you deliver this as your
deed?

Mefisto
Sì, Fàustus, e fà ròbis pì gràndis di chista.

Fàustus
Alora an d'è roba par mil ànimis.
Cjapa chì, Mefistòfil, cjapa chì sta cjarta,
il contràt di donasiòn di cuarp e spìrit:
basta ch'i ti efetuèis
duti li condisiòns di stu contràt.

Mefisto
Fàustus, i zuri in nòn dal infièr e di Lusìfar
ch'i faraj dut chèl ch'i si vìn prometùt.

Fàustus
Sìnt chì alora ch'i lu lès: *Chìstis a sòn li condisiòns. Prin,*
che Fàustus al posi èsi un spìrit in forma e sostansa. Secònt,
che Mefistòfil a ghi sedi da servitòu, sot i so òrdins. Ters,
che Mefistòfil al fedi e ca ghi parti dut sè cal vòu. Cuart, cal
sedi invišìbil in ta la so cjamara o cjaša. Par ùltin, ca ghi
sedi sempri višìbil a Fàustus, in cualsiasi forma o maniera
cal vòu. Jò, Zuan Fàustus, di Wittenberga, Diplomàt, cun
stu documìnt i ghi daj cuarp e ànima a Lusìfar, Principe dal
Orìènt, e al so ministro, Mefistòfil; cundipì, i ghi concèit, a
la fin di vincjacuatri àis, li condisiòns scrìtis chì no esìnt
maj stàdis violàdis, il podej complèt di cjoli sù e partà il
soraminsonàt Zuan Fàustus, cuarp e ànima, sanc e bèns, in
tal so ambiènt, cal sedi sè cal è. Firmàt da me stes,   Zuan
Fàustus.

Mefisto
Dìs, Fàustus, i mi prešèntitu chistu coma il to contràt?

FAUSTUS. Ay, take it, and the devil give thee good of it!

MEPHIST. So, now, Faustus, ask me what thou wilt.

FAUSTUS. First I will question with thee about hell.
Tell me, where is the place that men call hell?

MEPHIST. Under the heavens.

FAUSTUS. Ay, so are all things else; but whereabouts?

MEPHIST. Within the bowels of these elements,
Where we are tortur'd and remain for ever:
Hell hath no limits, nor is circumscrib'd
In one self-place; but where we are is hell,
And where hell is, there must we ever be:
And, to be short, when all the world dissolves,
And every creature shall be purified,
All places shall be hell that are not heaven.

FAUSTUS. I think hell's a fable.

MEPHIST. Ay, think so still, till experience change thy
mind.

FAUSTUS. Why, dost thou think that Faustus shall be
damn'd?

MEPHIST. Ay, of necessity, for here's the scroll
In which thou hast given thy soul to Lucifer.

Fàustus
Ma sì, tèn chì, e che'l Diàu a ti dedi na ricompensa.

Mefisto
Adès, Fàustus, dìs sè ch'i ti vòus vej.

Fàustus
Prin di dut ti domandi dal infièr.
Còntimi 'ndulà cal è'l post ca clàmin il infièr.

Mefisto. Sot dal Paradìs.

Fàustus. Va ben, ma'ndulà?

Mefisto
                Dentri di scju elemìns,
Indulà che tomentàs i sìn e'i restarìn par sempri.
'L infièr a nol à lìmit, e nisùn post
lu cunfina; che là ch'i sìn, ulà al è'l infièr,
e'ndà cal è'l infièr, ulà par sempri i sarìn:
e par finila, cuant che dut il mont al svanìs,
e duti li creatùris a saràn purificàdis,
dut a sarà infièr ca nol è Paradìs.

Fàustus. Sù, par me il infièr al è na fiaba.

Mefisto
Pensa pur cussì, fin che l'esperiensa a ti farà cambià idea.

Fàustus
Pènsitu pròpit che Fàustus al vegnarà danàt?

Mefisto
Sigùr, par necesitàt, che chì cal è'l ròdul
indà ca è scrìt ch'i ti ghi dàs l'ànima a Lusìfar.

71

FAUSTUS. Ay, and body too; and what of that?
    Think'st thou that Faustus is so fond to imagine
    That, after this life, there is any pain?
    No, these are trifles and mere old wives' tales.

    MEPHIST. But I am an instance to prove the contrary,
    For I tell thee I am damn'd and now in hell.

    FAUSTUS. Nay, an this be hell, I'll willingly be damn'd:
    What! sleeping, eating, walking, and disputing!
    But, leaving this, let me have a wife,
    The fairest maid in Germany;
    For I am wanton and lascivious,
    And cannot live without a wife.

MEPHIST. How—a wife?
I prithee, Faustus, talk not of a wife.

FAUSTUS. Nay, sweet Mephistophilis, fetch me one, for I
will have one.

 MEPHIST. Well—thou wilt have one. Sit there till I come.
I'll fetch thee a wife in the Devil's name. [Exit.]

    [MEPHISTOPHILIS fetches in a WOMAN-DEVIL.]

Fàustus
A è vera, e'l cuarp pur; ma sè c'èntria?
Cròditu che Fàustus al sedi cussì stùpit da pensà
che dopo di sta vita chì al sedi'l dolòu?
Daj—chìstis a sòn monàdis; stòris da vecjùtis.

Mefisto
Ma Fàustus, i soj jò un ešempli cal prova'l contrari,
che jò i soj danàt, e i soj adès in tal infièr.

Fàustus
                              Sè? In tal infièr adès!
Ma daj—se chistu al è'l infièr, ch'i vegni pur danàt.
Jòt tu, zì a spàs, disputà, etc!
Ma lasa stà dut chistu, làsimi vej na fèmina,
la pì biela fruta da la Germania;
ch'i soj plen di murbìn,
e'i no pòl vivi sensa na fèmina.

Mefisto
Coma—na fèmina?
No Fàustus, nosta minsonà na fèmina.

Fàustus
Sù, il me bon Mefistòfil, fàmini vej una, che pròpit i la vuej.

Mefisto
Benòn—ti la varàs. Stà sintàt lì fin ch'i torni:
i ti partaraj na fèmina in nòn dal Diàu.
                              [*Al và fòu.*]

[*Al torna'ndavòu Mefistòfil cun un diàu mascheràt da
fèmina, in flàmis.*]

73

MEPHIST. Tell me, Faustus, how dost thou like thy wife?

FAUSTUS. A plague on her for a hot whore!

MEPHIST. Tut, Faustus.
Marriage is but a ceremonial toy,
And, if thou lov'st me, think no more of it.
I'll cull thee out the fairest courtezans,
And bring them every morning to thy bed:
She whom thine eye shall like, thy heart shall have,
Were she as chaste as was Penelope,
As wise as Saba, or as beautiful
As was bright Lucifer before his fall.
Here, take this book, peruse it well:
The iterating of these lines brings gold;
The framing of this circle on the ground
Brings thunder, whirlwinds, storm, and lightning;
Pronounce this thrice devoutly to thyself,
And men in harness shall appear to thee,
Ready to execute what thou command'st.

FAUSTUS. Thanks, Mephistophilis; yet fain would I
have a book wherein I might behold all spells and
incantations, that I might rasie up spirits when I please.

MEPHIST. Here they are in this book. [Turns to them.]

Mefisto
Dìšimi, Fàustus: a ti plàšia la to fèmina?

Fàustus
Ca ghi vegni un colp a sta putanata!

Mefisto
       Sidìn Fàustus,
il matrimoni al è na roba da nuja;
si ti mi vòus ben nosta pì pensàjghi sù.
I ti cjataraj li cortešànis pì bièlis,
e'i ti li partaraj tal jèt ogni matina:
chè ca ghi plašarà al to vuli, chè i ti varàs,
ca sedi pur pura coma ca era Penelope,
sàvia coma Saba[16] o biela
com'cal era Lusìfar prin di colà.
Cjapa chì stu libri e lèšilu ben:
        [*A ghi dà un libri.*]
La ripetisiòn di sti rìghis a ti parta oru;
s'i ti fàs stu sìrcul in cjera ti fàs vignì
uragàns, tampièstis, tons e lamps;
dìšiti chistu tre vòltis cun devosiòn,
e òmis armàs a ti vegnaràn davànt,
prons di fà dut sè ch'i ti vòus ca fèdin.

Fàustus
Gràsis, Mefistòfil; ma a mi plašarès vej un libri indulà ch'i
posi cjatà duti li magìis e incjatèšins par podej clamà sù i
spìris cuant ca mi ocòrin.

Mefisto
A sòn chì, in ta stu libri.
        [*A ghi fà jodi.*]

---

[16] La regina di Sheba.

FAUSTUS. Nay, let me have one book more—and then I have done—wherein I might see all plants, herbs, and trees that grow upon the earth.

MEPHIST. Here they be.

FAUSTUS. O, thou art deceived.

MEPHIST. Tut, I warrant thee. [Turns to them. Exeunt.]

Fàustus
Lasa ch'i vedi n'altri libri—doma chèl—ca mi fedi cognosi
duti li plàntis, èrbis, e àrbuj ca crèsin in ta sta cjera.

Mefisto
Èco chì.

Fàustus
O, i ti ti sbalièis.

Mefisto
No, ti lu siguri.
> [*A ghi lu fà jodi. Dopo di chè a vàn fòu.*]

Scene 6

Enter FAUSTUS, in his study, and MEPHISTOPHILIS.

FAUSTUS. When I behold the heavens, then I repent,
And curse thee, wicked Mephistophilis,
Because thou hast depriv'd me of those joys.

MEPHIST. 'Twas thine own seeking, Faustus; thank
thyself.
But, think'st thou heaven is such a glorious thing?
I tell thee, Faustus, it is not half so fair
As thou, or any man that breathes on earth.

FAUSTUS. How prov'st thou that?

MEPHIST. 'Twas made for man; then he's more excellent.

FAUSTUS. If heaven was made for man, 'twas made for
me:
I will renounce this magic and repent.

Enter GOOD ANGEL and EVIL ANGEL.

GOOD ANGEL. Faustus, repent; yet God will pity thee.

EVIL ANGEL. Thou art a spirit; God cannot pity thee.

Scena 6

[Stes post.]

A èntrin Fàustus e Mefistòfil

Fàustus
Cuant ch'i mi mèt a jodi'l cjel lasù, i mi pentìs,
e i ti maledìs, danàt di Mefistòfil,
par vèjmi deprivàt di che benedisiòns.

Mefisto
Ti sòs tu, Fàustus, zùt in sercja di chèl. Colpa to.
Ma i pènsitu che'l Cjel al sedi na roba glorioša?
Ti siguri ca nol è par nuja biel coma te
o coma nisùn 'altri omp cal vìf'n ta stu mont.

Fàustus
Coma'i fatu a provà chèl?

Mefisto
Al è stàt fàt pal omp, e duncja 'l omp al è tant miej.

Fàustus
S'a'l è stàt fàt pal omp, al è stàt fàt par me:
i rinuncj' a sta magìa e i mi pentìs.

A èntrin il Àunzul Bon e il Ànzul Trist

Ànzul Bon
Fàustus, pentìsiti; che Diu al varà dòu di te.

Ànzul Trist
Ti sòs un spìrit; Diu a nol pòl vej dòu di te.

79

FAUSTUS. Who buzzeth in mine ears I am a spirit?
　　Be I a devil, yet God may pity me;
　　Yea, God will pity me, if I repent.

EVIL ANGEL. Ay, but Faustus never shall repent.
　　[Exeunt ANGELS.]

FAUSTUS. My heart is harden'd, I cannot repent;
　　Scarce can I name salvation, faith, or heaven:
　　Swords, poisons, halters, and envenom'd steel
　　Are laid before me to despatch myself;
　　And long ere this I should have done the deed,
　　Had not sweet pleasure conquer'd deep despair.
　　Have not I made blind Homer sing to me
　　Of Alexander's love and Oenon's death?
　　And hath not he, that built the walls of Thebes
　　With ravishing sound of his melodious harp,
　　Made music with my Mephistophilis?
　　Why should I die, then, or basely despair?
　　I am resolv'd; Faustus shall not repent.--
　　Come, Mephistophilis, let us dispute again,
　　And reason of divine astrology.
　　Speak, are there many spheres above the moon?
　　Are all celestial bodies but one globe,
　　As is the substance of this centric earth?

Fàustus
Cuj mi sbušighèja'n ta l'orela ch'i soj un spìrit?
Encja si fòs un diàu, Diu al varès dòu di me;
sì, sì, Diu al varà pietàt di me si mi pentìs.

Ànzul Trist
Sì, ma Fàustus a nol zarà maj a pentisi.

[*Exeunt i ànzuj.*]

Fàustus
A si'a tant 'ndurìt il me còu ch'i no pòl pentimi.
I no pòl nencja minsonà la salvasiòn, la fede, o'l cjel,
ch'i mi sìnt tonà in ta l'orèlis:
"Fàustus, ti sòs danàt!" E dopo spàdis e pugnaj,
velèn, sclòps, coràsis e pùntis velenàdis
a mi sòn metùdis dongja par ch'i mi fedi fòu;
e tant prin d'adès mi sarès copàt,
se'l plašej a nol fòs stàt pì fuart da la me disperasiòn.
A nol àja cjantàt par me Omero il svuarp
daj amòus di Lesandri e da la muart di Oenon?
E chèl cal à fàt sù i murs di Tebe
a nol àja sunàt la so arpa in ta la maniera
pì dolsa cul me Mefistòfil?
Parsè alora i varèsiu da murì o da disperà?
Basta: Fàustus a nol zarà maj a pentisi.
Vèn, Mefistòfil, disputàn di nòuf,
e cjacaràn da la divina astrologìa.
Còntimi, an d'eše tancju cjèlos pì'n alt da la luna?
A soni ducju i cuarps cjelestiaj sfèris
com'ca è la sostansa di sta cèntrica[17] cjera?

---

[17] Cèntrica, coma ca si crodeva ca fòs la cjera—al centro dal univèrs.

81

MEPHIST. As are the elements, such are the heavens,
Even from the moon unto th' empyreal orb,
Mutually folded in each other's spheres,
And jointly move upon one axletree,
Whose termine is term'd the world's wide pole;
Nor are the names of Saturn, Mars, or Jupiter
Feign'd, but are erring stars.

FAUSTUS. But have they all one motion, both situ et
tempore?

MEPHIST. All move from east to west in four-and-
twenty hours upon the poles of the world; but differ in their
motions upon the poles of the zodiac.

FAUSTUS. These slender questions Wagner can decide:
Hath Mephistophilis no greater skill?
Who knows not the double of the planets?
That the first is finish'd in a natural day;
The second thus; Saturn in thirty years; Jupiter in twelve;
Mars in four; the Sun, Venus, and Mercury in a year; the
Moon in twenty-eight days. These are freshmen's questions.
But tell me, hath every sphere a dominion or intelligentia?

MEPHIST. Ay.

Mefisto
Coma ca sòn i elemìns, cussì encja li sfèris
a si rodolèjn l'una'n ta l'òrbita da l'altra,
pleàdis dùtis atòr da li so sfèris,
dùtis insièmit a zìrin atòr dal so pivòt,
cal à coma cunfìn il polo dal mont;
e a no sòn i nòns di Saturno, Marte e Gjove
doma 'nvensiòns, ma stèlis ca còrin atorotòr.

Fàustus
Ma dìšimi, a ani doma un motu, in *situ et tempore*?

Mefisto
Dùtis a zìrin insièmit da oriènt a ponènt in vincjacuatri òris
atòr daj pòlos dal mont; ma'n taj pòlos zodiacàls il so motu
al è diferènt.

Fàustus
Ma dàj!
Encja Wagner al pòl rangjasi di monàdis cussì;
a nol pòsia Mefistòfil fà nuja di miej?
Cuj nol saja nuja dal motu dopli daj pianès?
Il prin a si finìs in ta'un dì naturàl;
il secònt cussì: Saturno in trent'àis; Gjove in dòdis; Marte'n
cuatri; il soreli, Venere e Mercùrio in un àn; e la luna in
vincjavòt dìs. Sù, stis chì a sòn ròbis ch'encja un musignòus
di studènt al sà. Ma còntimi, a àja ogni sfera un domìnio o
intelligentia?

Mefisto
E sì.

FAUSTUS. How many heavens or spheres are there?

MEPHIST. Nine; the seven planets, the firmament, and the empyreal heaven.

FAUSTUS. But is there not coelum igneum et crystallinum?

MEPHIST. No, Faustus, they be but fables.

FAUSTUS. Resolve me, then, in this one question; why are not conjunctions, oppositions, aspects, eclipses, all at one time, but in some years we have more, in some less?

MEPHIST. Per inoequalem motum respectu totius.

FAUSTUS. Well, I am answered. Now tell me who made the world?

MEPHIST. I will not.

FAUSTUS. Sweet Mephistophilis, tell me.

MEPHIST. Move me not, Faustus.

FAUSTUS. Villain, have I not bound thee to tell me any thing?

Fàustus
Cuancju cjèlos. O sfèris, a soni lasù?

Mefisto
Nòuf: i sièt pianès, il firmamìnt, e l'empìreo.

Fàustus
Ma a no eše encja un *coelum igneum et crystallinum*?

Mefisto
No, Fàustus. Chès lì a sòn fiàbis.

Fàustus
Bon; ma rispùnt a chistu: Parsè i no vinu congjunsiòns,
opošisiòns, aspiès, e eclìsis dùtis ta na volta, invensi di vèjni
di pì na volta e mancu in altri àis?

Mefisto
Per inæqualem motum respectu totius[18].

Fàustus
Bon. Adès i lu saj. Dìsimi cuj cal à fàt il mont.

Mefisto
I no ti lu dìs.

Fàustus
O'l me bon Mefistòfil—dìšmilu.

Mefisto
Nosta insisti. I no ti lu dìs.

Fàustus
Boja, i no sinu d'acordu ch'i ti mi dišaràs dut?

---

[18] Par via dal motu ineguàl rispièt a dùcjus.

85

MEPHIST. Ay, that is not against our kingdom; this is.
  Thou art damned; think thou of hell.

FAUSTUS. Think, Faustus, upon God that made the world.

MEPHIST. Remember this.
  [Exit.]

FAUSTUS. Ay, go, accursed spirit, to ugly hell!
'Tis thou hast damn'd distressed Faustus' soul.
Is't not too late?

  Re-enter GOOD ANGEL and EVIL ANGEL.

EVIL ANGEL. Too late.

GOOD ANGEL. Never too late, if Faustus will repent.

EVIL ANGEL. If thou repent, devils will tear thee in
pieces.

GOOD ANGEL. Repent, and they shall never raze thy
skin.
  [Exeunt ANGELS.]

FAUSTUS. O Christ, my Saviour, my Saviour
Help to save distressed Faustus' soul!

Mefisto
Si, basta ca nol sedi cuntra'l nustri regnu; ma chistu al è.
Pensa ben al infièr, Fàustus, che tu ti sòs danàt.

Fàustus
Pènsighi, Fàustus, a Diu, cal à fàt il mont.

Mefisto
Recuàrditi di chistu. [*Al và fòu.*]

Fàustus
Via, và, spìrit danàt—torna'n tal to brut infièr!
Ti sòs tu chel ch'i ti'as danàt la puor'ànima di Fàustus.
A no è masa tars, no?

[*A tòrnin i doj Ànzui—chel Bon e chel Trist.*]

Ànzul Trist
Masa tars.

Ànzul bon
Maj masa tars, se Fàustus al è bon da pentisi.

Ànzul Trist
Si ti ti pentìs, i diàus a ti faràn a tocùs.

Ànzul Bon
Pentìsiti, e lòu a no ti tocjaràn nencja.

[*I ànzui a sparìsin.*]

Fàustus
O Crist, Redentòu me.
Prova a salvàjghi l'anima a stu puòr Fàustus.

Enter LUCIFER, BELZEBUB, and MEPHISTOPHILIS.

LUCIFER. Christ cannot save thy soul, for he is just:
There's none but I have interest in the same.

FAUSTUS. O, what art thou that look'st so terribly?

LUCIFER. I am Lucifer,
And this is my companion-prince in hell.

FAUSTUS. O Faustus, they are come to fetch thy soul!

BELZEBUB. We are come to tell thee thou dost injure us.

LUCIFER. Thou call'st of Christ, contrary to thy promise.

BELZEBUB. Thou shouldst not think on God.

LUCIFER. Think of the devil.

BELZEBUB. And his dam too.

FAUSTUS. Nor will Faustus henceforth: pardon him for
this,
   And Faustus vows never to look to heaven,
Never to name God, or to pray to him,
To burn his scriptures, slay his Ministers,
And make my spirits pull his churches down.

[*A èntrin Lusìfar, Belzebub, e Mefistòfil.*]

Lusìfar
Crist a nol pòl salvati l'ànima, parsè cal è just;
i soj doma jò ch'i soj'nteresàt in chè.

Fàustus
Oh, cuj sotu tu ch'i ti somèis cussì terìbil?

*Lusìfar.*I soj Lusìfar,
e chistu al è'l me compari principe dal infièr.

Fàustus
O Fàustus! A sòn vegnùs a scuedi la to ànima!

Belzebub
I sìn vegnùs par dìšiti ch'i ti ni stàs tratànt mal.

Lusìfar
Ti stàs cjacarànt di Crist cuntra la to promesa.

Belzebub
No ti varès da pensàjghi a Diu.

Lusìfar
Pensa doma al Diàu

Belzebub
E a chèl ca lu à generàt.

Fàustus
No lu faraj pì. In chistu perdònimi,
e Fàustus al promèt di maj pì di vuardà'n Alt,
di maj pì minsonà Diu, o di preàlu,
di brušà li so Scritùris, di copà i so prèdis,
e di comandà i spirs di distruši li so glìšis.

89

BELZEBUB. Do so, and we will highly gratify thee. Faustus, we are come from hell to show thee some pastime. Sit down, and thou shalt see all the Seven Deadly Sins appear in their proper shapes.

FAUSTUS. That sight will be as pleasant unto me,
As Paradise was to Adam the first day
Of his creation.

LUCIFER. Talk not of Paradise or creation; but mark the show.-- Go, Mephistophilis, and fetch them in.

MEPHISTOPHILIS brings in the SEVEN DEADLY SINS.

BELZEBUB. Now, Faustus, question them of their names and dispositions.

FAUSTUS. What art thou, the first?

PRIDE. I am Pride. I disdain to have any parents. I am like to Ovid's flea; I can creep into every corner of a wench; sometimes, like a perriwig, I sit upon her brow; next, like a necklace, I hang about her neck; then, like a fan of feathers, I kiss her lips; and then, turning myself to a wrought smock, do what I list. But, fie, what a smell is here! I'll not speak a word more for a king's ransom, unless the ground be perfumed, and covered with cloth of arras.

Belzebub
Fà cussì, e nuàltris ti contentarìn. Fàustus, i sìn vegnùs dal infièr par divertiti. Sìntiti, ch'i ti jodaràs vignì fòu i Sièt Pecjàs Mortaj in ta la so forma naturàl.

Fàustus
Contènt a mi faràn,
com'che'l Paradìs al veva fàt stà contènt Adàm
il prin dì da la so creasiòn.

Lusìfar
Nosta minsonà'l Paradìs o la creasiòn, ma vuarda stu spetàcul: parla dal Diàu e basta.—Vegnèit fòu!

[*A èntrin i Sièt Pecjàs Mortaj.*]

Belzebub
Adès, Fàustus, oserva ben i so nòns e li so dispošisiòns.

Fàustus
Cuj sotu tu—il prin?

La Supiàrbia
I soj la Supiàrbia. I no mi frej di vej pari o mari. I soj coma la puls di Ovìdio: i pol sgnacami in ta ogni banda di na frutata. Ogni tant, com'na paruca, i staj 'mpostat'n ta la so front; o com'un svintulìn di plùmis, i ghi busi la bocjuta; i faj adiritura—ma sè no fàju? Ma và'n cašìn, sè bon odòu ca è chì! I no dìs altri, fòu che'l pavimìnt al è profumàt, e cujèrt cu na tela ricamada.

91

FAUSTUS. Thou art a proud knave, indeed.--What art thou, the second?

COVETOUSNESS. I am Covetousness, begotten of an old churl, in a leather bag: and, might I now obtain my wish, this house, you, and all, should turn to gold, that I might lock you safe into my chest: O my sweet gold!

FAUSTUS. And what art thou, the third?

ENVY. I am Envy, begotten of a chimney-sweeper and an oyster-wife. I cannot read, and therefore wish all books burned. I am lean with seeing others eat. O, that there would come a famine over all the world, that all might die, and I live alone! then thou shouldst see how fat I'd be. But must thou sit, and I stand? come down, with a vengeance!

FAUSTUS. Out, envious wretch!--But what art thou, the fourth?

WRATH. I am Wrath. I had neither father nor mother: I leapt out of a lion's mouth when I was scarce an hour old; and ever since have run up and down the world with this case of rapiers, wounding myself when I could get none to fight withal. I was born in hell; and look to it, for some of you shall be my father.

Fàustus

Ti sòs pròpit un grandòn, tu. E tu cuj sotu—il secònt?

L'Avarìsia

I soj l'Avarìsia, nasuda da un tacagnu di vecju in ta na borsa di coràn; e sè ch'i brami a è che dut sè ca è'n ta sta cjaša cun duta la zent ca à dentri a si trasformi in oru, ch'i podi sieralu a claf in tal me casetòn. O'l me biel oru!

Fàustus

E cuj sotu tu—il ters?

L'Invìdia

I soj l'Invìdia, nasuda da un spasacjamìn e da na pesària. I no soj buna di leši, e par chèl i vorès che ducju i lìbris a vegnèsin brušàs. I mi tèn magra cul jodi che altra zent a stà mangjànt. Magari ca vegnès la mišèria in ta dut il mont, da fà murì dùcjus di fan, e jò i pararès via a vivi besola! Alora sì ch'i ti jodarès sè grasa ch'i doventarès. Ma i àtu tu da stà sintàt e jò in piè! Vèn jù, vendeta!

Fàustus

 Via di chì, putana! E tu sè sotu—il cuart?

La Ràbia

I soj la Ràbia. I no ài vùt nè pari nè mari: i soj saltada fòu da la bocja di un leòn cuant ch'i no vevi nencja un'ora; e a è da 'ncovolta in cà ch'i còr sù e jù pal mont cun stu par di stilès, ca vàn a ferimi me cuant che nisùn mi dà cuntra. I soj nasuda'n tal infièr; e stèit atèns che cualchidùn di vuàltris al sarà me pari.

FAUSTUS. And what art thou, the fifth?

GLUTTONY. I am Gluttony. My parents are all dead, and the devil a penny they have left me, but a small pension, and that buys me thirty meals a-day and ten bevers,--a small trifle to suffice nature. I come of a royal pedigree: my father was a Gammon of Bacon, my mother was a Hogshead of Claret-wine; my godfathers were these, Peter Pickled-herring and Martin Martlemas-beef; but my godmother, O, she was an ancient gentlewoman; her name was Margery March-beer. Now, Faustus, thou hast heard all my progeny; wilt thou bid me to supper?

FAUSTUS. Not I.

GLUTTONY. Then the devil choke thee!

FAUSTUS. Choke thyself, glutton!--What art thou, the sixth?

SLOTH. I am sloth. I was begotten on a sunny bank, where I have lain ever since, and you have done me great injury to bring me from thence. Let me be carried thither a-gain by Gluttony and Lechery. I'll not speak another other word for a king's ransom.

FAUSTUS. And what are you, Mistress Minx, the seventh and last?

Fàustus
E tu sè sotu—il cuint?

La Gola
Cuj, jò, siòr? Jò i soj la Gola. Me pari e me mari a sòn muars
sensa lasami na palanca, fòu che na pìsula pensiòn: i vuej
diši trenta pascj' in dì e dèis bevàndis—na monada ca no
basta par sodisfà la natura. Oh, i vèn fòu da na famèa reàl!
Me nonu al era un Argjèl fumintàt e me nona na Damigjana
di vin Bacò; i me sàntuj a èrin: Pieri Sardela e Martìn
Vigjelòn. Oh, ma la me sàntula a era na grandama plena di
vita, che dùcjus ghi volèvin ben, in ta ogni borc e contrada;
a si clamava Siora Margarita Birona. Èco, Fàustus, adès ti
sàs d'indà ch'i vèn. M'invìditu a sena?

Fàustus
No—i vuej jòditi 'mpicjada: ti mi mangjarès dut sè ch'i ài.

La Gola
Alora che'l Diàu a ti scjafoèj!

Fàustus
Scjafoèiti tu, troja di na gološata! Cuj sotu tu—il sest?

La Musetàt
I soj la Musetàt. I vèn fòu da na biela riva di mar, indulà ch'i
soj stada distirada fin adès; e tu ti mi às na vura ufinduda a
partami chì. Lasa che la Gola e la Lusùria a mi pàrtin
indavòu. I no dìs pì nuja, nencja se un re al vès da riscatami.

Fàustus
Cuj sotu tu, Siora Suvita, la siètima e ùltima?

LECHERY. Who, I, sir? I am one that loves an inch of raw mutton better than an ell of fried stock-fish; and the first letter of my name begins with L.

LUCIFER. Away to hell, away! On, piper!
[Exeunt the SINS.]

FAUSTUS. O, how this sight doth delight my soul!

LUCIFER. Tut, Faustus, in hell is all manner of delight.

FAUSTUS. O, might I see hell, and return again safe,
How happy were I then!

LUCIFER. Faustus, thou shalt; at midnight I will send for thee.
Meanwhile peruse this book and view it throughly,
And thou shalt turn thyself into what shape thou wilt.

FAUSTUS. Thanks, mighty Lucifer!
This will I keep as chary as my life.

LUCIFER. Now, Faustus, farewell.

FAUSTUS. Farewell, great Lucifer.
[Exeunt LUCIFER and BELZEBUB.]

Come, Mephistophilis.
[Exeunt.]

La Lusùria
Jò, siòr? Jò i soj una ca si la gòt di pì a mangjà na cotoletona di montòn che na feta di bacalà frit; e'l me nòn al è Lusùria.

Lusìfar
Tornàit tal infièr, via!—Alora, Fàustus, ti àja plašùt stu spetàcul?

[*Exeunt i Pecjàs.*]

Fàustus
O, ma stu chì al nudrìs la me ànima!

Lusìfar
Speta tu, Fàustus; il infièr al è plen di delìsis.

Fàustus
O se doma i podès jodi'l infièr, e tornà'ndavòu; sè contènt ch'i sarès!

Lusìfar
Ti lu jodaràs; ti faraj clamà a miešanòt.
Ma 'ntànt cjapa chì stu libri: studièilu benòn,
e t'impараràs a trasformati coma ch'i ti vòus.

Fàustus
Tanti gràsis, Lusìfar potènt!
I lu vuardaràj cu la me vita.

Lusìfar
Areòdisi, Fàustus, e pènsighi sempri al Diàu.

Fàustus
Areòdisi, il me grant Lusìfar! Vèn chì, Mefistòfil.

[*Exeunt.*]

Enter CHORUS.

CHORUS. Learned Faustus,
To find the secrets of astronomy
Graven in the book of Jove's high firmament,
Did mount him up to scale Olympus' top;
Where, sitting in a chariot burning bright,
Drawn by the strength of yoked dragons' necks,
He views the clouds, the planets, and the stars,
The tropic zones, and quarters of the sky,
From the bright circle of the horned moon
Even to the height of Primum Mobile;
And, whirling round with this circumference,
Within the concave compass of the pole,
From east to west his dragons swiftly glide,
And in eight days did bring him home again.
Not long he stay'd within his quiet house,
To rest his bones after his weary toil;
But new exploits do hale him out again:
And, mounted then upon a dragon's back,
That with his wings did part the subtle air,
He now is gone to prove cosmography,
That measures coasts and kingdoms of the earth;
And, as I guess, will first arrive at Rome,
To see the Pope and manner of his court,
And take some part of holy Peter's feast,
The which this day is highly solemniz'd.
    [Exit.]

[*Al entra il Chorus.*]

Chorus
>   Il sapiènt Fàustus,
> par savej i segrès da l'astronomìa,
> sculpìs in tal libri dal firmamìnt di Gjove,
> a si'a metùt a scalà la pica dal Olìmpus
> sintàt in ta na carosa 'nflamada,
> tirada dal zòuf di doj dragòns potèns.
> Al jòt li nùlis, i pianès, e li stèlis,
> li zònis daj tròpics e li divišiòns dal cjel,
> dal sìrcul luminòus da la luna'n cuar
> fin tal alt dal Primum Mobile.
> E ziràt atòr di sta sircunferensa,
> nenfra la zona còncava dal polo,
> da orient a ponènt i so dragòns a svuàlin,
> e'n ta vot dìs partàt di nòuf lu'an a cjaša.
> Puc timp restàt al è'n tal so post cujèt
> par riposà la straca dal so cori cà e là;
> ma'mprèšis nòvis lu clàmin fòu di nòuf:
> montàt alora'n ta la schena d'un dragòn
> cal spartiva l'aria cun l'àlis sos,
> al è zùt adès a provà la cosmografìa,
> e'i cròt cal rivarà par prin a Roma,
> par jodi il Papa e i so cardinaj,
> e partecipà a la fiesta di San Pieri,
> che'ncjamò'l dì di vuej a vèn celebrada.
>   [*Al và fòu.*]

Scene 7

[In the Pope's Chamber.]

Enter FAUSTUS and MEPHISTOPHILIS.

FAUSTUS. Having now, my good Mephistophilis,
Pass'd with delight the stately town of Trier,
Environ'd round with airy mountain-tops,
With walls of flint, and deep-entrenched lakes,
Not to be won by any conquering prince;
From Paris next, coasting the realm of France,
We saw the river Maine fall into Rhine,
Whose banks are set with groves of fruitful vines;
Then up to Naples, rich Campania,
Whose buildings fair and gorgeous to the eye,
The streets straight forth, and pav'd with finest brick,
Quarter the town in four equivalents:
There saw we learned Maro's golden tomb;
The way he cut, an English mile in length,
Thorough a rock of stone, in one night's space;
From thence to Venice, Padua, and the rest,
In one of which a sumptuous temple stands,
That threats the stars with her aspiring top,
Whose frame is pav'd with sundry-colour'd stones,
And roof'd aloft with curious work in gold.
Thus hitherto hath Faustus spent his time:
But tell me now, what resting-place is this?
Hast thou, as erst I did command,
Conducted me within the walls of Rome?

Scena 7

[In ta la sala privada dal Papa.]

A èntrin Fàustus e Mefistòfil

Fàustus
Adès ch'i vìn, bon il me Mefistòfil,
pasàt cun tant gust la biela sitàt di Trevi,
circondada par dut da montàgnis àltis,
da murs di piera e da lacs fons in ta li valàdis,
che concuistada no pòl èsi da nisùn condotièr;
vignìnt da Parigi, pasànt pal reàm di Fransa,
jodùt i vìn il Main colà'n tal Reno,
cu li so rìvis cujèrtis da bieli vìgnis;
e dopo sù[19] a Nàpoli, in ta la siora Campania,
cuj so palàs ca sòn biej da jodi,
e stràdis drètis, rivistìdis cuj madòns pì bòis,
e la sitàt tajada justa'n ta cuartèis,
ulà jodùt i vìn la tomba 'ndorada di Maro[20],
che 'ntajàt al veva, par na mija inglesa,
in ta la rocja viva in tal spàsiu di na nòt.
Da là a Venèsia, Pàdova, e a che àltris,
che'n ta una di chès al è un templi suntuòus,
cal sfida li stèlis cul so cjampanili.
Cussì al à Fàustus fin adès spindùt il so timp:
ma 'dès dìšimi, sè post di ripošu al eše chistu?
I mi àtu, coma ch'i ti vevi comandàt,
partàt dentri daj murs di Roma?

---

[19] Cussì al dìs il Fàustus, ch'i vìn dirìt di pensà che forsi a nol veva imparàt la geografìa tant benòn dal so mestri Mefistòfil.
[20] Virgilio.

MEPHIST. I have, my Faustus; and, for proof thereof,
This is the goodly palace of the Pope;
And, 'cause we are no common guests,
I choose his privy-chamber for our use.

FAUSTUS. I hope his Holiness will bid us welcome.

MEPHIST. All's one, for we'll be bold with his venison.
But now, my Faustus, that thou mayst perceive
What Rome contains for to delight thine eyes,
Know that this city stands upon seven hills
That underprop the groundwork of the same:
Just through [106] the midst runs flowing Tiber's stream,
With winding banks that cut it in two parts;
Over the which two stately bridges lean,
That make safe passage to each part of Rome:
Upon the bridge call'd Ponte [107] Angelo
Erected is a castle passing strong,
Where thou shalt see such store of ordnance,
As that the double cannons, forg'd of brass,
Do match [108] the number of the days contain'd
Within the compass of one complete year;
Beside the gates, and high pyramides,
That Julius Caesar brought from Africa.

FAUSTUS. Now, by the kingdoms of infernal rule,
Of Styx, of Acheron, and the fiery lake
Of ever-burning Phlegethon, I swear
That I do long to see the [109] monuments
And situation of bright-splendent Rome:
Come, therefore, let's away.

Mefisto
I lu ài fàt, Fàustus; e coma prova
èco chì il palàs maestòus dal Papa;
e, pars'ch'i no sìn invidàs d'ogni dì,
i mi soj caparàt par nuàltris sta so sala privada.

Fàustus. I speri che la So Santitàt a sedi contenta di risèvini.

Mefisto
Nosta dati pensej, ch'i si profitarìn da la so ospitalitàt.
Adès, Fàustus, par ch'i ti pòsis jodi
chèl che a Roma a pòl dati plašej,
ti'as di savej che la sitàt a è 'nsima di sièt culìnis
pojada, e chès a ghi dàn la forma ca à.
In tal miès a ghi còr l'aga dal Tevere,
e zirulànt li so rìvis a divìdin la sitàt in do pars.
Cuatri puns maestòus, pojàs insima dal flun,
a làsin pasà da na banda a l'altra di Roma:
ta na banda dal punt clamàt Ponte Angelo
un cjascjèl a si pòl jodi, cussì imponènt,
che dentri daj so murs tancju armamìns al à,
coma canòns fàs sù cun bronz intajàt,
ca 'mplenarèsin i dìs di un àn intej;
e cundipì arcs e piràmidis àltis
da Gjulio Sèšar partàdis da l'Àfrica.[21]

Fàustus
Alora paj règnus dal domìnio 'nfernàl,
di Stige, di Acherònt, e da l'aga bulìnt
dal Flègeton'n flamàt, i zuri
ch'i ài na voja mata di jodi i monumìns
e dut'l rest di sta Roma luminoša;
alora zìn, zìn là sùbit.

---

[21] Puc da surprìndisi se Fàustus al cognòs puc ben la so geografia cuant
che encja il so mestri Mefistòfil a li conta gròsis!

MEPHIST. Nay, stay, my Faustus: I know you'd see the Pope,
    And take some part of holy Peter's feast,
    The which, in state and high solemnity,
    This day, is held through Rome and Italy,
    In honour of the Pope's triumphant victory.

FAUSTUS. Sweet Mephistophilis, thou pleasest me.
    Whilst I am here on earth, let me be cloy'd
    With all things that delight the heart of man:
    My four-and-twenty years of liberty
    I'll spend in pleasure and in dalliance,
    That Faustus' name, whilst this bright frame doth stand,
    May be admir'd thorough the furthest land.

MEPHIST. 'Tis well said, Faustus. Come, then, stand by me,
    And thou shalt see them come immediately.

FAUSTUS. Nay, stay, my gentle Mephistophilis,
    And grant me my request, and then I go.
    Thou know'st, within the compass of eight days
    We view'd the face of heaven, of earth, and hell;
    So high our dragons soar'd into the air,
    That, looking down, the earth appear'd to me
    No bigger than my hand in quantity;
    There did we view the kingdoms of the world,
    And what might please mine eye I there beheld.
    Then in this show let me an actor be,
    That this proud Pope may Faustus' cunning see.

Mefisto
Stà fèr, Fàustus; i saj ch'i ti vòus jodi'l Papa,
e partecipà a la fiesta di San Pieri,
che cun granda pompa e solenitàt
a vèn vuej celebrada a Roma e'n Italia
par onorà la vitòria trionfàl dal Papa.

Fàustus
Bon il me Mefistòfil, ti mi tèns contènt.
Fin ch'i soj'n ta stu mont, pasùdimi
cun dut chèl ca ghi dà gust al omp:
ducju i me vincjacuatri àis di libertàt
i vuej spìndiu'n plašèis e baldòria,
che'l nòn di Fàustus, fin che stu mont al dura,
al posi vignì par dut amiràt.

Mefisto
Ben dita, Fàustus. Vèn, duncja, cun me,
ch'i ti'u jodaràs sùbit rivà.

Fàustus
No, speta un puc, il me bon Mefistòfil,
e sodisfa prin'l me dešideri.
I ti sàs che in tal ziru di vot dìs
i vìn jodùt il cjel, la cjera e'l infièr;
i dragòns a vèvin svualàt tant in alt
che, vuardànt'n jù, il mont a mi someava
pìsul coma la palma da la me man.
Jodùt i vèvin i règnus di stu mont,
e chèl che gust ghi varès dàt al me vuli.
Alora'n chistu làsimi partecipà,
che stu grant Papa jodi al posi'l màgic di Fàustus.

MEPHIST. Let it be so, my Faustus. But, first, stay,
    And view their triumphs as they pass this way;
    And then devise what best contents thy mind,
    By cunning in thine art to cross the Pope,
    Or dash the pride of this solemnity;
    To make his monks and abbots stand like apes,
    And point like antics at his triple crown;
    To beat the beads about the friars' pates,
    Or clap huge horns upon the Cardinals' heads;
    Or any villany thou canst devise;
    And I'll perform it, Faustus. Hark! they come:
    This day shall make thee be admir'd in Rome.

      Enter the CARDINALS and BISHOPS, some bearing
crosiers, some the pillars; MONKS and FRIARS, singing
their procession; then the POPE, RAYMOND king of
Hungary, the ARCHBISHOP OF RHEIMS, BRUNO led in
chains, and ATTENDANTS.

POPE. Cast down our footstool.

RAYMOND. Saxon Bruno, stoop,
Whilst on thy back his Holiness ascends
Saint Peter's chair and state pontifical.

BRUNO. Proud Lucifer, that state belongs to me;
But thus I fall to Peter, not to thee.

Mefisto
Và ben, Fàustus; ma prin speta
e vuarda ben scju triònfos ca pàsin par chì;
e fà alora chèl ca ti plašarà di fà:
d'intraulà'l Papa cul màgic da la to art,
o meti'n ridìcul la solenitàt da l'ocašiòn,
fašìnt i so abàs e fràris someà simiòs,
o cjolìnt inziru la so trìplica corona;
o cu li corònis bati'l cjaf daj fràris;
o fà cualsìasi altri schers ch'i ti vòus;
e jò i lu faraj, Fàustus. Ma fèr! A vègnin:
vuej i ti doventaràs famòus a Roma.

A èntrin i Cardinaj e i Vescuj, cualchidùn partànt bastòns
pastoràls, cualchidùn colònis; Fràris di claušura e Fràris
mendicàns, ca cjàntin in ta la procesiòn; dopo di lòu, il
Papa, Raimondo, re di Ungarìa, il Arcivèscul di Reims,
Bruno in cjadènis, e Atendèns.

Papa
Metèit jù il pojapiè.

Raimondo
Bruno sasòn, sbàsiti jù,
che la So Santitàt a posi montà sù
in ta la sinta di Pieri e stat pontificàl.

Bruno
Supiàrbiu di Lusìfar, chel stat al è me;
ma i mi sbasi davànt di Pieri, no di te.

107

POPE. To me and Peter shalt thou grovelling lie,
    And crouch before the Papal dignity.--
    Sound trumpets, then; for thus Saint Peter's heir,
    From Bruno's back, ascends Saint Peter's chair.
        [A flourish while he ascends.]
    Thus, as the gods creep on with feet of wool,
    Long ere with iron hands they punish men,
    So shall our sleeping vengeance now arise,
    And smite with death thy hated enterprise.
    Lord Cardinals of France and Padua,
    Go forthwith to our holy consistory,
    And read, amongst the statutes decretal,
    What, by the holy council held at Trent,
    The sacred synod hath decreed for him
    That doth assume the Papal government
    Without election and a true consent:
    Away, and bring us word with speed.

CARDINAL OF FRANCE. We go, my lord.
    [Exeunt CARDINALS of France and Padua.]

POPE. Lord Raymond.
    [They converse in dumb show.]

FAUSTUS. Go, haste thee, gentle Mephistophilis,
    Follow the cardinals to the consistory;
    And, as they turn their superstitious books,
    Strike them with sloth and drowsy idleness,
    And make them sleep so sound, that in their shapes
    Thyself and I may parley with this Pope,

Papa
Davànt di me e di Pieri ti ti umiliaràs,
e distiràt ti staràs davànt da la dignitàt papàl.—
Sunàit li tròmbis; che cussì'l erèit di San Pieri
da la schena di Bruno al monta'n ta la sinta di Pieri.
[*A si sìnt il sunà da li tròmbis.*]
Mentri che i dèos a cjamìnin cun piè di lana,
tant prin che cun mans di fièr a punìsin i òmis,
cussì la nustra vendeta 'ndurmidida a si stà sveànt,
e sbatìnt a muart la to odioša 'mpreša.
Mosignòrs Cardinaj di Fransa e Padova,
zèit sùbit là dal nustri sant consistori
e lešèit, fra chej altri tancju decrès,
sè che secònt il sant consili di Trento
il sacri convegnu al à decretàt par luj,
cal vorès asumi il stat Papàl
sensa elesiòn e sensa un just consènt:
zèit, e tornàit svels cul verdèt.

Cardinàl di Fransa
I zìn, Santitàt.

[*I Cardinaj di Fransa e di Padova a vàn fòu.*]

Papa
Messèr Raimondo.
      [*A fàn fenta di tabajà.*]

Fàustus
Còr, còr svelt, il me bon Mefistòfil,
vàjghi davòu daj cardinaj in tal consistori;
e mentri che'n taj lìbris a lèšin li so superstisiòns,
fàju doventà mus e durmiòns,
e fà ca còlin in ta un sun cussì pešànt ch'i cjapani nu
li so fòrmis par cjacarà cun stu Papa,

This proud confronter of the Emperor;
  And, in despite of all his holiness,
  Restore this Bruno to his liberty,
  And bear him to the states of Germany.

MEPHIST. Faustus, I go.

FAUSTUS. Despatch it soon:
The Pope shall curse, that Faustus came to Rome.
  [Exeunt FAUSTUS and MEPHISTOPHILIS.]

BRUNO. Pope Adrian, let me have right of law:
I was elected by the Emperor.

POPE. We will depose the Emperor for that deed,
And curse the people that submit to him:
Both he and thou shall stand excommunicate,
And interdict from church's privilege
And all society of holy men.
He grows too proud in his authority,
Lifting his lofty head above the clouds,
And, like a steeple, overpeers the church:
But we'll pull down his haughty insolence;
And, as Pope Alexander, our progenitor,
Trod on the neck of German Frederick,
Adding this golden sentence to our praise,
"That Peter's heirs should tread on Emperors,
And walk upon the dreadful adder's back,
Treading the lion and the dragon down,
And fearless spurn the killing basilisk,"

che confrontànt al stà 'l Imperatòu;
e cuntra duta la so santitàt
dìnghi di nòuf a Bruno la so libertàt,
cal posi tornà'n taj so stas da la Germania.

Mefisto
I vaj, Fàustus.

Fàustus
Falu a colp.:
Il Papa al bestemarà Fàustus par èsi vegnùt a Roma.

[*Exeunt Fàustus e Mefistòfil.*]

Bruno
Papa Adriàn, concedèimi il dirìt a la lès:
i soj stàt elešùt dal Imperatòu.

Papa
Par chèl i ghi gjavarìn la corona al Imperatòu,
e'i maledišarìn la zent ca lu seguìs:
tu e luj i sèis da adès scomunicàs,
sensa pì nisùn dirìt ca dà la glišia
e di ogni congregasiòn di zent santa.
Masa orgòliu al à'n ta la so autoritàt,
e'l cjaf al leva'n sù pì alt da li nùlis,
e coma'un cjampanili al jòt la glišia dal alt al bas.
Ma nu i tirarìn jù la so'nsolensa;
e com'che'l Papa Lesandri, nustri precursòu,
pestàt al veva la cadopa di Federico'l Todesc,
lasànt par nu stu prešeàt di mot:
"Che i erèis di Pieri a àn da pestà i Imperatòus,
cjaminà'n ta li schènis da li vìparis
stritulà leòns e dragòns,
e rìdighi davòu dal bašilìsc sasìn";

111

So will we quell that haughty schismatic,
    And, by authority apostolical,
    Depose him from his regal government.

BRUNO. Pope Julius swore to princely Sigismond,
    For him and the succeeding Popes of Rome,
    To hold the Emperors their lawful lords.

POPE. Pope Julius did abuse the church's rights,
    And therefore none of his decrees can stand.
    Is not all power on earth bestow'd on us?
    And therefore, though we would, we cannot err.
    Behold this silver belt, whereto is fix'd
    Seven golden seals, fast sealed with seven seals,
    In token of our seven-fold power from heaven,
    To bind or loose, lock fast, condemn or judge,
    Resign or seal, or what so pleaseth us:
    Then he and thou, and all the world, shall stoop,
    Or be assured of our dreadful curse,
    To light as heavy as the pains of hell.

        Re-enter FAUSTUS and MEPHISTOPHILIS, in the
shapes of the
        CARDINALS of France and Padua.

MEPHIST. Now tell me, Faustus, are we not fitted well?

FAUSTUS. Yes, Mephistophilis; and two such cardinals
    Ne'er serv'd a holy Pope as we shall do.
    But, whilst they sleep within the consistory,
    Let us salute his reverend fatherhood.

cussì i distrušarìn chel rogànt di sismàtic
e'n nòn da la nustra autoritàt apostòlica
i lu casarìn jù dal so governo reàl.

Bruno
Il Papa Gjùlius prometùt ghi veva al principe Sigmònt,
in nòn sò e di ducju i so sucesòus di Roma,
di ricognosi i Imperatòus coma so sovràns.

Papa
Il papa Gjùlius al vev' abušàt i dirìs da la glišia,
e par chèl i so decrès a no àn validitàt.
A no ni eše stada conferida duta la potensa dal mont?
Se pur i volèsin, duncja, i no podarèsin sbalià.
Jòt chì stu sinturòn d'arzènt, cal à 'ntòr
sièt sigìi di oru, sièt vòltis ben sigilàs,
in nòn da li sièt potènsis che'l cjel ni'a dàt
par custrinzi o liberà, meti sot claf, condanà o gjudicà,
dà sù o sigilà, o fà chèl ca ni pàr e plàs:
duncja tu e luj, e dut il mont, a s'inchinarà,
o sul so cjaf la nustra terìbil maledisiòn
ghi colarà cul pèis da li pènis dal infièr.

*A tòrnin dentri Fàustus e Mefistòfil, sot forma daj Cardinaj
di Fransa e di Padova.*

Mefisto
Sè ti pària, Fàustus, i no parinu bon?

Fàustus
Altrochè, Mefistòfil; e doj cardinaj cussì
a no àn maj servìt il Papa coma ch'i farìn nu.
Ma intànt ca durmìsin in tal consistori,
zìn a saludà il nustri sant pari.

RAYMOND. Behold, my lord, the Cardinals are return'd.

POPE. Welcome, grave fathers: answer presently
What hath our holy council there decreed
Concerning Bruno and the Emperor,
In quittance of their late conspiracy
Against our state and papal dignity?

FAUSTUS. Most sacred patron of the church of Rome,
By full consent of all the synod
Of priests and prelates, it is thus decreed,--
That Bruno and the German Emperor
Be held as Lollards and bold schismatics,
And proud disturbers of the church's peace;
And if that Bruno, by his own assent,
Without enforcement of the German peers,
Did seek to wear the triple diadem,
And by your death to climb Saint Peter's chair,
The statutes decretal have thus decreed,--
He shall be straight condemn'd of heresy,
And on a pile of faggots burnt to death.

POPE. It is enough. Here, take him to your charge,
And bear him straight to Ponte Angelo,
And in the strongest tower enclose him fast.
To-morrow, sitting in our consistory,
With all our college of grave cardinals,
We will determine of his life or death.

Raimondo
Jodèit, Santitàt; i doj Cardinaj a sòn tornàs.

Papa
Bentornàs, bòis pàris: contàit sùbit
sè che il nustri sant consili al à decretàt
su'l cašu di Bruno e dal Imperatòu,
in punisiòn par vej puc fà cospiràt
cuntra'l nustri stat e dignitàt di Papa.

Fàustus
Oh sant protetòu da la glišia di Roma,
cun il consènt pì plen di ogni predi e prelàt
ulà congregàt, a è cussì stàt decretàt:
che Bruno e'l Imperatòu Todesc
a vègnin consideràs Lolàrdos[22] e schismàtics,
zent roganta ca disturba la pas da la glišia;
e che se Bruno, di so volontàt,
e sensa il sopuàrt da la nobiltàt todescja,
al à tentàt di mètisi'n tal cjaf il diadema Papàl,
e cu la vustra muart montà ta la sinta di San Pieri,
i ordinamìns a àn cussì decretàt—
cal vegni a colp condanàt di erešìa
e che'n ta na tasa di lèncs al vegni brušàt a muart.

Papa
Basta cussì. Partàjlu là dal imputàt,
e cal vegni chèl partàt dret in tal Cjascjèl San'Ànzul,
e là cal vegni sieràt in ta la tor pì sigura.
Domàn, sintàt in tal nustri consistori,
cun duta la congragasiòn daj cardinaj,
i decidarìn su la so vita o muart.

---

[22] Un Lolardo al era un ca ghi zeva davòu da li idèis di Wyclif, un riformatòu protestànt.

115

Here, take his triple crown along with you,
And leave it in the church's treasury.
Make haste again, my good Lord Cardinals,
And take our blessing apostolical.

MEPHIST. So, so; was never devil thus bless'd before.

FAUSTUS. Away, sweet Mephistophilis, be gone;
The Cardinals will be plagu'd for this anon.
    [Exeunt FAUSTUS and MEPHISTOPHILIS with
BRUNO.]

POPE. Go presently and bring a banquet forth,
That we may solemnize Saint Peter's feast,
And with Lord Raymond, King of Hungary,
Drink to our late and happy victory.

    A Sennet [127] while the banquet is brought in; and
then enter
    FAUSTUS and MEPHISTOPHILIS in their own
shapes.

MEPHIST. Now, Faustus, come, prepare thyself for
mirth:
    The sleepy Cardinals are hard at hand,
    To censure Bruno, that is posted hence,
    And on a proud-pac'd steed, as swift as thought,
    Flies o'er the Alps to fruitful Germany,
    There to salute the woeful Emperor.

Cjapàit chì la so triplica corona
e partàila in tal tešoru da la glišia.
Di nòuf, fèit svels, i me bràvos Cardinaj,
e zèit cu la nustra benedisiòn apostolica.

Mefisto
Cjò—nisùn diàu al à maj prin vùt na benedisiòn cussì.

Fàustus
Còr via, bon il me Mefistòfil, còr via;
fra puc i Cardinaj a saràn furiòus par chistu.

[*Exeunt Fàustus e Mefistòfil, cun Bruno.*]

Papa
Zèit davormàn a preparà un banchèt,
ch'i podini celebrà la fiesta di San Pieri.
E cul Messèr Raimondo, Re di Ungarìa,
bevìn a la nustra buna e recènt vitòria.

*A si sìnt sun di tròmbis mentri che il banchèt al vèn
preparàt; a èntrin dopo Fàustus e Mefistòfil in ta li so
figùris.*

Mefisto
Adès, Fàustus, tenti pront par divertiti:
i Cardinaj, encjamò plens di sun, a si visìnin
par imputà Bruno, cal è belzà lontàn,
e'n ta'un destrièr, svelt coma'l pensej,
al stà svualànt insima da li Àlpis vièrs la Germania,
par zì a saludà il puor Imperatòu.

FAUSTUS. The Pope will curse them for their sloth to-day,
    That slept both Bruno and his crown away.
    But now, that Faustus may delight his mind,
    And by their folly make some merriment,
    Sweet Mephistophilis, so charm me here,
    That I may walk invisible to all,
    And do whate'er I please, unseen of any.

MEPHIST. Faustus, thou shalt: then kneel down presently,
    Whilst on thy head I lay my hand,
    And charm thee with this magic wand.
    First, wear this girdle; then appear
    Invisible to all are here:
    The planets seven, the gloomy air,
    Hell, and the Furies' forked hair,
    Pluto's blue fire, and Hecat's tree,
    With magic spells so compass thee,
    That no eye may thy body see!
    So, Faustus, now, for all their holiness,
    Do what thou wilt, thou shalt not be discern'd.

FAUSTUS. Thanks, Mephistophilis.--Now, friars, take heed,
    Lest Faustus make your shaven crowns to bleed.

MEPHIST. Faustus, no more: see, where the Cardinals come!

    Re-enter the CARDINALS of France and Padua with a book.

Fàustus
Il Papa a ju maledirà, scju durmiòns,
par vej lasàt scjampà tant Bruno che la so corona.
Ma adès, par che Fàustus al posi divertisi
e gòdisi li stupidàdis di scju chì,
fami un pìsul incjantèšin, Mefistòfil,
ch'i pòsi chì cjaminà, invišìbil a dùcjus,
e fà sè ca mi plàs, sens'èsi jodùt da nisùn.

Mefisto
Fàustus, ti lu faràs; alora 'nzeglòniti sùbit,
ch'i ti meti la me man'n tal cjaf,
par fati stu 'ncjantèšin cun sta bacheta màgica.
Prin mèt sù stu gilèt, ca ti farà doventà
invišìbil par ducju chej ca sòn chì:
i sièt pianès, l'aria scura,
'l infièr, e'i cjaviej 'nforcjàs da li Fùriis,
la flama blu di Pluto, e'l àrbul di Ècate,
ca ti inglùsin cuj so streamìns màgics
cussì che'nvišìbil ti ghi saràs a ogni vuli!
Èco, Fàustus, adès cun duta la so santitàt,
fà sè ch'i ti vòus, che lòu no ti jodaràn.

Fàustus
Gràsis, Mefistòfil. Adès, fràris, stèit atèns,
che sinò Fàustu a vi farà sanganà i vustri sucjòns.

Mefisto
Basta, Fàustus: jòt là ca rìvin i Cardinaj.

[*A rièntrin i Cardinaj di Fransa e di Padova cun un libri.*]

POPE. Welcome, Lord Cardinals; come, sit down.--
    Lord Raymond, take your seat.--Friars, attend,
    And see that all things be in readiness,
    As best beseems this solemn festival.

    CARDINAL OF FRANCE. First, may it please your
sacred Holiness
    To view the sentence of the reverend synod
    Concerning Bruno and the Emperor?

    POPE. What needs this question? did I not tell you,
    To-morrow we would sit i' the consistory,
    And there determine of his punishment?
    You brought us word even now, it was decreed
    That Bruno and the cursed Emperor
    Were by the holy council both condemn'd
    For loathed Lollards and base schismatics:
    Then wherefore would you have me view that book?

    CARDINAL OF FRANCE. Your grace mistakes; you
gave us no such charge.

    RAYMOND. Deny it not; we all are witnesses
    That Bruno here was late deliver'd you,
    With his rich triple crown to be reserv'd
    And put into the church's treasury.

    BOTH CARDINALS. By holy Paul, we saw them not!

Papa
Benvegnùs, Monsignòus Cardinaj; sintàisi jù.
Messèr Raimondo, cjapàit la vustra sinta. Fràris, atèns,
e siguràivi che dut a sedi'n òrdin
par fàjghi onòu a la solenitàt di sta ocašiòn.

Cardinàl di Fransa
Prin di dut a si degnaràia la vustra sacra Santitàt
di jodi la sentensa pasada dal sìnod sacri
su Bruno e il Imperatòu?

Papa
Parsè fà sta domanda? No vi àju dita
che domàn, radunàs in tal consistori,
i determinarìn la so punisiòn?
I ni vèis dita puc fà ca è stàt decretàt
che Bruno e chel maladèt di Imperatòu
a sòn stàs condanàs dal consìliu sant
par èsi Lolàrdos e schismàtics:
parsè, duncja, volèišu ch'i jodini chel libri?

Cardinàl di Fransa
Vi sbaliàis, Santitàt; i no ni vèis dàt chel òrdin lì.

Raimondo
No stèit negalu; i sìn dùcjus testimònis
che Bruno al è stàt metùt uchì in ta li vustri mans,
insièmit cu la corona, par ca vegni preservada
e metuda in tal tešoru da la glišia.

I doj Cardinaj
In nòn di San Pauli, i no ju vìn jodùs!

POPE. By Peter, you shall die,
    Unless you bring them forth immediately!--
    Hale them to prison, lade their limbs with gyves.--
    False prelates, for this hateful treachery
    Curs'd be your souls to hellish misery!
        [Exeunt ATTENDANTS with the two CARDINALS.]

FAUSTUS. So, they are safe. Now, Faustus, to the feast:
    The Pope had never such a frolic guest.

POPE. Lord Archbishop of Rheims, sit down with us.

ARCHBISHOP. I thank your Holiness.

FAUSTUS. Fall to; the devil choke you, an you spare!

POPE. Who is that spoke?--Friars, look about.--
    Lord Raymond, pray, fall to. I am beholding
    To the Bishop of Milan for this so rare a present.

FAUSTUS. I thank you, sir.
    [Snatches the dish.]

POPE. How now! who snatch'd the meat from me?
    Villains, why speak you not?--
    My good Lord Archbishop, here's a most dainty dish
    Was sent me from a cardinal in France.

FAUSTUS. I'll have that too.
    [Snatches the dish.]

Papa
In nòn di San Pieri, i morarèis
si no ju ripartàis uchì a colp!
Partàiju in prešòn e incjadenàiju.
Prelàs fals, par stu tradimìnt odiòus
che li vustr' ànimis a vègni danàdis a la mišeria'nfernàl!

[*Exeunt Atendèns e i doj Cardinaj.*]

Fàustus
Alora a sòn salfs. Adès al banchèt, Fàustus:
il Papa a nol à maj vùt un invidàt cussì plen di schers.

Papa. Messèr Arcivèscul di Rèims, sintàisi chì cun nu.

Arcivèscul. Vi ringrasi, Santitàt.

Fàustus. Sù, mòviti, e che'l diàu ti scjafoèj!

Papa
Cuj àja tabajàt? Fràris, vuardàit inziru.
Messèr Raimondo, mangjàit pur. I ài da ringrasià
il Vèscul di Milàn par stu biel regàl.

Fàustus. Vi ringrasi, Messèr.
[*A ghi roba il plat.*]

Papa
Ma coma! Cuj ni'àja partàt via la cjar?
Vilàns, parsè i no dišèišu nuja?
Monsignòr Arcivèscul, chì cal è un bon plat
ca ni à mandàt un cardinàl da la Fransa.

Fàustus. I vuej vej encja chèl

[*A ghi lu cjoj via.*]

123

POPE. What Lollards do attend our holiness,
    That we receive such great indignity?
    Fetch me some wine.

FAUSTUS. Ay, pray, do, for Faustus is a-dry.

POPE. Lord Raymond,
    I drink unto your grace.

FAUSTUS. I pledge your grace.
    [Snatches the cup.]

POPE. My wine gone too!--Ye lubbers, look about,
    And find the man that doth this villany,
    Or, by our sanctitude, you all shall die!--
    I pray, my lords, have patience at this
    Troublesome banquet.

ARCHBISHOP. Please it your Holiness, I think it be
some ghost
    crept out of Purgatory, and now is come unto your
Holiness for his
    pardon.

POPE. It may be so.--
    Go, then, command our priests to sing a dirge,
    To lay the fury of this same troublesome ghost.

[Exit an ATTENDANT.--The POPE crosses himself.]

Papa
Ma cuaj Lolàrdos a ni vègnini dongja
a fani dùtis sti indignitàs?
Partàini un pu' di vin.

Fàustus
Ma sì, fèilu, che Fàustus al à la bocja suta.

Papa
Messèr Raimondo, a la vustra grasia.

Fàustus
A la vustra grasia—bevìn!

[*A ghi cjoj la copa di man.*]

Papa
 Encja'l me vin!—Bòis da nuja, vuardàit inziru
e cucàit chèl cal stà fašìnt scju schers vilàns,
che sinò, pa la nustra santitàt, i morarèis dùcjus!
Vi preàn, Monsignòrs, di vej pasiensa
in ta stu dišordinàt di banchèt.

Arcivèscul
Cun permès, Santitàt, i cròt cal sedi un spìrit
vegnùt fòu dal Purgatori par risevi
il perdòn di Vustra Santitàt.

Papa
A pòl ben dasi.
Và, alora, e dìšighi ai nustri prèdis di cjantà alc
par calmà la furia di stu spìrit tormentàt.

[*Al và fòu un Atendènt, e 'l Papa a si fà il sen da la cròus.*]

FAUSTUS. How now! must every bit be spic'd with a cross?--
    Nay, then, take that.
        [Strikes the POPE.]

POPE. O, I am slain!--Help me, my lords!
O, come and help to bear my body hence!--
Damn'd be his soul for ever for this deed!
        [Exeunt all except FAUSTUS and MEPHISTOPHILIS.]

MEPHIST. Now, Faustus, what will you do now? for I can tell you
    you'll be cursed with bell, book, and candle.

FAUSTUS. Bell, book, and candle,--candle, book, and bell,--
    Forward and backward, to curse Faustus to hell!

        Re-enter the FRIARS, with bell, book, and candle, for the
        Dirge.

FIRST FRIAR. Come, brethren, lets about our business with good
    devotion.
        [They sing.]

Fàustus
Sè? A tòcia cunsà ogni roba cul sen da la cròus?
Alora cjapa chì.

    [A ghi mola un colp al Papa.]

Papa
O, i soj stàt copàt! Judàimi, Siòrs.
O, vegnèit a partà'l me cuarp fòu di chì!
Cal vegni danàt par sempri par chistu!

[Exeunt dùcjus fòu che Fàustus e Mefistòfil.]

Mefisto
Sè faratu adès, Fàustus? Ch'i ti siguri
Che par chistu ti vegnaràs danàt par sempri.

Fàustus
Danàt par sempri—
Fàustus al vegnarà danàt par sempri!

    [A rièntrin ducju i Fràris par cjantà la cansòn paj muars.]

Prin Frari
Vegnèit, fràdis, metìnsi a cjantà cun la pì buna devosiòn.

    [A cjàntin.]

CURSED BE HE THAT STOLE HIS HOLINESS' MEAT
FROM THE TABLE!
  maledicat Dominus!
  CURSED BE HE THAT STRUCK [136] HIS
HOLINESS A BLOW ON [137] THE
  FACE! maledicat Dominus!
  CURSED BE HE THAT STRUCK FRIAR SANDELO
A BLOW ON THE PATE!
  maledicat Dominus!
  CURSED BE HE THAT DISTURBETH OUR HOLY
DIRGE! maledicat
  Dominus!
  CURSED BE HE THAT TOOK AWAY HIS
HOLINESS' WINE! maledicat
  Dominus!

  [MEPHISTOPHILIS and FAUSTUS beat the
FRIARS, and fling
  fire-works among them, and exeunt.]

Maladèt cal sedi chèl che da la tàula a ghi à robàt la cjar di So Santitàt! *Maledicat Dominus*!
Maladèt chèl ca ghi'a molàt un patàf a So Santitàt! *Maledicat Dominus*!
Maladèt chèl ca ghi à molàt un scapelòt tal cjaf di Fra Sandelo! *Maledicat Dominus*!
Maladèt chèl cal vèn a disturbà la nustra santa cansòn! *Maledicat Dominus*!
Maladèt chèl cal à robàt il vin di So Santitàt! *Maledicat Dominus! Et omnes sancti! Amen!*

[*Mefistòfil e Fàustu a ghi li mòlin ai fràris e a ghi tìrin petàrdos intòr. Fàt chèl, a vàn fòu.*]

[Enter Chorus.]

CHORUS
When Faustus had with pleasure ta'en the view
Of rarest things, and royal courts of kings,
He stayed his course, and so returned home,
Where such as bear his absence, but with grief,
I mean his friends and nearest companions,
Did gratulate his safety with kind words,
And in their conference of what befell,
Touching his journey through the world and air,
They put forth questions of astrology,
Which Faustus answered with such learned skill,
As they admired and wondered at his wit.
Now is his fame spread forth in every land;
Amongst the rest the Emperor is one,
Carolus the fifth, at whose palace now
Faustus is feasted 'mongst his noblemen.
What there he did in trial of his art,
I leave untold, your eyes shall see perform'd

[Exit Chorus.]

[Al entra'l Chòrus.]

Chòrus
Dopo che Fàustus divertìt si veva un mont
 a jodi raritàs, e a višità palàs daj re,
di pì nol à fàt, e tornàt indavòu al è.
Chej che la so mancjansa sintùt a vèvin
—i vuej diši chej che pì visìns ghi èrin—
congratulàt lu vèvin par èsi ben tornàt;
e riunìs par savej alc di chèl che capitàt
ghi veva viagjànt pal mont e par aria,
tanti domàndis ghi vèvin fàt di astrologìa,
che luj cu na sapiensa tal rispundùt
al veva da lasaju ducju a bocja vierta.
Adès la so fama par dut si'a sparpajàt,
rivànt parfìn ta l'orela dal Imperatòu,
Carlo il Cuint, che'n ta la so cort adès
Fàustus al vèn festegjàt nenfra la nobiltàt.
Diši chèl che lì al à fàt e dimostràt
i no vuej, che i vuj vùstris a jodaràn prešentàt.

[Al và fòu il Chorus.]

131

Scene 8

[Inn yard.]

Enter Robin the Ostler with a book in his hand.

ROBIN
O, this is admirable! Here I ha' stolen one of doctor
Faustus' conjuring books, and i' faith I mean to search some
circles for my own use. Now will I make all the maidens in
our parish dance at my pleasure stark naked before me, and
so by that means I shall see more then ere I felt, or saw yet.

Enter Ralph calling Robin

RALPH
Robin, prithee come away; there's a gentleman
tarries to have his horse, and he would have his things
rubbed and made clean. He keeps such a chafing with my
mistress about it, and she has sent me to look thee out.
Prithee come
away.

ROBIN
Keep out, keep out, or else you are blown up; you
are dismembered Ralph, keep out, for I am about a roaring
piece of work.

RALPH
Come, what dost thou with that same book? Thou
canst not read.

Scena 8

[Curtìl di na ostarìa.]

Al entra Ròbin il Ostièr tegnìnt un libri in man

Ròbin
O, chistu, po, al è na maravèa! I ghi'ài robàt un daj lìbris di incjantèšins dal Dotòr Fàustus , e pa la madona i vuej cjatà cualchi sìrcul ch'i posi ušà par me. I mi mèt a fà chistu, che duti li verginùtis da la nustra pleba a si mètin a balà pal me plašej, dùtis nùdis davànt di me; e cussì cun chèl i zaraj a jodi tant pì di chèl ch'i vedi maj sintùt o jodùt in vita me.

Al vèn dentri Ralf e al clama Ròbin

Ralf
Ròbin, vèn, vèn sùbit. Un siòr al stà spetànt che'l so cjavàl al vegni stringhiàt e governàt. Al è duta na lagna cu la siora, ca mi à mandàt a jodi di te. Vèn alora, vèn sùbit.

Ròbin
Tenti lontàn, tenti lontàn, che sinò i ti scopièis; i ti vèns scuartàt, Ralf: tenti lontàn, ch'i staj par fà alc di tremènt.

Ralf
Vèn; ma sè fatu cun chel libri in man? No ti sòs nencja bon da leši.

ROBIN
Yes, my master and mistress shall find that I can
read, he for his forehead, she for her private study; she's
borne to bear with me, or else my art fails.

RALPH
Why , Robin, what book is that?

ROBIN
What book? Why, the most intolerable book for
conjuring that ere was invented by any brimstone devil.

RALPH
Canst thou conjure with it?

ROBIN
I can do all these things easily with it: first, I can
make thee drunk with ipocras at any tavern in Europe
for nothing; that's one of my conjuring works.

RALPH
Our Master Parson says that's nothing.

ROBIN
True, Ralph, and more Ralph; if thou hast any mind
to Nan Spit, our kitchen maid, then turn her and wind her
to thy own use, as often as thou wilt, and at midnight.

Ròbin
Ma sì, il me siòr e la me siora a cjataràn fòu ch'i pòl ben leši, luj pal so cjaf, e ic pa li so bàndis privàdis; ic a è nasuda par tègnimi sù, che sinò la me art a no zova nuja.

Ralf
Ma sè libri al eše chel lì?

Ròbin
Sè libri? Ti lu dìs jò—il libri pì intoleràbil[23] par fà streamìns cal sedi maj stàt inventàt da un diàu dal infièr.

Ralf
I postu fà'ncjantamìns cun chèl lì?

Ròbin
Cun stu libri a mi è fàsil fà dùtis sti ròbis: par prin i pòl incjocati cun vin dols e picànt in ta cualsìasi taverna in Europa par nuja; chel lì al è un daj streamìns ch'i pòl fà.

Ralf
Il nustri paròn Parson al dìs che chèl lì al è na monada.

Ròbin
A è vera, Ralf; e cundipì, Ralf, si ti às sot vuli la Nina Spudarela, la nustra masaruta, alora zìrila e vòltila pur coma ch'i ti vòus e cuant ch'i ti vòus, e a miešanòt.

---

[23] Ešempli di chèl che in inglèis a clàmin *spoonerism*, ca si riferìs al ušu, sbaliàt e ridìcul, di scambià na peràula par n'altra ca ghi somèa. In ta chistu ešempli, Ròbin al intìnt diši "terìbil" o "orìbil," o alc di sìmil. Stu zòuc di peràulis al era tant ušat da Shakespeare, màsima cuant che in ta li so comèdis al ušava caràtars di chej che, coma Ròbin, a pròvin a pasà par alc di pì "gentìl" o struìt di chèl ca sòn. (Ca sedi chista—fra àltris—na rašòn par pensà—coma ca'n pènsin divièrs, che Shakespeare al fòs stàt in realtàt Marlowe stes?)

Ralph
O brave Robin, shall I have Nan Spit, and to mine
own use? On that condition I'll feed thy devil with horse-
bread as long as he lives, of free cost.

Robin
No more, sweet Ralph, let's go and make clean
our boots, which lie foul upon our hands, and then to our
conjuring in the devil's name.

                    [Exeunt.]

Scene 9

[Same.]

Enter Robin and Ralph with a silver goblet.

ROBIN
Come, Ralph, did not I tell thee, we were for ever
made by this doctor Faustus' book? _Ecce signum_, here's a
simple purchase for horse-keepers: our horses shall eat no
hay as long as this lasts.

Ralf

O Ròbin, il me bravo Ròbin, i pòsiu vej la Nina Spudarela, e ušala coma ch'i vuej? Par chèl i ghi daraj da mangjà pan di castìgnis fàlsis al diàu fin cal vif, e par nuja.

Ròbin

Basta, il me bon Ralf: zìn a lustràsi i scarpòns, ca ni stàn cragnòus in man, e dopo metinsi a fà'ncjantamìns in nòn dal demòni.

[*Exeunt.*]

Scena 9

[*Na ostarìa*]

A èntrin Ròbin e Ralf cun una copa di arzènt

Ròbin

Jòt chì, Ralf, no ti àju dita ch'i si sìn par sempri stàs fàs da stu libri dal Dotòr Fàustus? *Ecce signum*, cal pòl tant zovàjghi ai alevatòus di cjavaj: fin che chistu al dura a n'ocòr che i nustri cjavaj a màngin.

Enter the Vintner.

RALPH

But Robin, here comes the vintner.

ROBIN
Hush, I'll gull him supernaturally. Drawer, I
hope all is paid; God be with you. Come, Ralph.

VINTNER
Soft, sir, a word with you. I must yet have a gob-
let paid from you ere you go.

ROBIN
I, a goblet, Ralph; I, a goblet? I scorn you, and you
are but a &c. I, a goblet? Search me.

VINTNER
I mean so, sir, with your favor.

ROBIN
How say you now?

VINTNER
I must say somewhat to your fellow. You, sir.

RALPH
Me, sir. Me, sir. Search your fill. Now, sir, you may be
ashamed to burden honest men with a matter of truth.

VINTNER
Well, tone of you hath this goblet about you.

Al entra il Vignajòu

Ralf
Jòt chì, Ralf, cal riva'l vignajòu.

Ròbin
Sidìn! I mi mèt a fàjghi un soranaturàl di stusighès.
Casièr, i speri che'l cont al sedi a post. Adìo. Vèn via, Ralf.

Vignajòu
Fèr, siòr; i vuej domandavi alc. Prin di zì i vèis da pajami na
copa.

Ròbin
Na copa, Ralf. Jò, na copa? No stèit ròmpimi…&c. Jò na
copa? Sè copa i àju jò.

Vignajòu
I vuej diši, siòr, si mi permetèis.

[*Al vuarda pa la copa.*]

Ròbin
Adès sè dišèjšu?

Vignajòu
I vuej domadàjghi alc al vustri compaj. Ejlà, siòr!

Ralf
Jò, siòr? Jò? Vuardàit pur. [*Il Vignajòu a lu ispesionèa.*]
Alora, siòr me, i varèsis da vergognavi di zì a 'ncolpà la
zent 'nocenta cu la veretàt.

Vignajòu
Insoma, un di vuàltris doj al à sta copa intòr di luj.

139

ROBIN
You lie, Drawer; 'tis afore me. Sirrah you, I'll teach ye
to impeach honest: men; stand, by; I'll scour you for a goblet.
Stand aside you had best, I charge you in the name of
Beelze-
bub. Aside to Ralph. Look to the goblet , Ralph.

VINTNER
What mean you, sirrah?

ROBIN
I'll tell you what I mean. He readsfrom a book.
Sanctobulorum Periphrasticon: : Nay, I'll tickle you ,
Vintner.
Aside to Ralph. Lookto the goblet , Ralph.*Polypragmos
Belseborams framanto pa-
costiphos tostu, Mephistophilis, &c.*
Enter Mephistophilis, sets squibs at their backs [and then
exit];
they run about.

VINTNER
O nomine Domini, what mean'st thou, Robin? Thou
hast no goblet.

RALPH
Peccatum peccatorum. Here's thy goblet, good Vint-
ner.

ROBIN
Misericordia pro nobis. What shall I do? Good devil,
forgive me now, and I'll never rob thy library more.

Ròbin
I sèis un bušiàr, casièr, I lu saj ben jò. [*In banda.*] Ludro ch'i
no sèis altri. V'insegni jò a' ncolpà zent onesta: no stèit
scjampà. Vi stringhiej ben jò par na copa. A è miej ch'i
stèdis chì in banda. I vèis da rìndighi cont a Belzebub. [*In
banda a Ralf.*] Tèn cont la copa, Ralf.

Vignadòu
Sè 'ntindèišu diši, galeòt di omp.

Ròbin
I vi dìs adès sè ch'i vuej diši. [*Al lès dal libri.*]

Sanctobulorum. Periphrasticon—Vi caresi ben, jò,
vignadòu. [*In banda a Ralf. E al torna a leši.*] Tèn cont la
copa, tu, Ralf.

*Polygramos Belseboramus framanto pacostiphos tostu,
Mephistophilis, &c.*

     [*Al entra Mefistòfil, a ghi mèt petàrdos ta li schènis,
e al torna fòu. Lòu a còrin sù e jù.*]

Vignadòu
O nomine Domini! Sè vutu diši Ròbin? I no ti às la copa.

Ralf
Peccatum peccatorum! Chì ca è la to copa, il me bon
vignadòu.
     [*A ghi dà la copa al Vignadòu, cal và fòu.*]

Ròbin
Misericordia pro nòbis! Sè àju da fà? Bon Diàu, perdònimi,
e i no ti robaraj pì nuja da la to biblioteca.

Enter to them Mephistophilis.

MEPHISTOPHILIS
Vanish villains, th'one like an ape, another like
a bear, the third an ass, for doing this enterprise.
Monarch of hell, under whose black survey
Great potentates do kneel with awful fear,
Upon whose altars thousand souls do lie,
How am I vexed with these villains charms?
From Constantinople am I hither come,
Only for pleasure of these damned slaves.

ROBIN
How, from Constantinople? You have had a great
journey. Will you take six pence in your purse to pay for
your
supper, and be gone?

MEPHISTOPHILIS
Well villains, for your presumption, I transform
thee into an ape, and thee into a dog, and so be gone. Exit.

ROBIN
How, into an ape? That's brave. I'll have fine sport
with the boys. I'll get nuts and apples enough.

RALPH
And I must be a dog. Exeunt.

[Al rientra Mefistòfil.]

Mefisto
Zèit via, vilàns, chèl coma un simiòt, n'altri coma
Un ors, e'l ters un mus, par vej fàt st' impreša.
Monarca dal infièr, che sot dal so mantèl neri
i pì grancj' bacàns a s'inzenoglèjn plens di sbìgula,
e'n ta'i so altàrs miàrs di ànimis a stàn pojàdis,
cuant 'nfastidìt ch'i mi sìnt daj streamìns di scju vilàns!
Sòju vegnùt chì da Costantinopoli
doma par contentà chiscju puòrs simiòs?

Ròbin
Coma, da Costantinopoli? I vèis fàt un viàs amondi lunc.
Volèišu cjòj cualchi palanca dal vustri tacuìn par pajàvi la
sena, e partì di chì?

Mefisto
Alora, vilàns, dal momènt ch'i sèis cussì prešuntuòus, i ti
cambiej te in ta na sìmia, e te in ta un cjan; e adès zèit via di
chì.

[Al và via.]

Ròbin
Coma, in ta na sìmia? Encja chè adès! I mi la godaraj cuj
frutùs. I varaj nòlis e milùs a plen.

Ralf
E a mi a mi tocjarà èsi un cjan!

[Exeunt.]

Scene 10

[Court of Emperor.]

Enter Emperor, Faustus, and a Knight,
with attendants.

EMPEROR
Master Doctor Faustus, I have heard strange re-
port of thy knowledge in the blacke art, how that none in
my Empire, nor in the whole world can compare with thee,
for the rare effects of magic; they say thou hast a familiar
spirit, by whom thou canst accomplish what thou list. This,
therefore, is my request, that thou let me see some proof of
thy skill, that mine eyes may be witnesses to confirm what
mine ears have heard reported, and here I swear to thee, by
the honor of mine imperial crown, that whatever thou
doest,doest, thou shalt be no ways prejudiced or endamaged.

KNIGHT
I'faith he looks much like a conjuror.
Aside

FAUSTUS
My gracious sovereign, though I must confess
myself far inferior to the report men have published, and,
and nothing answerable to the honor of your imperial
majesty, yet for that love and duty binds me thereunto, I am
content to do whatsoever your majesty shall command me.

Scena 10

[La cort dal Imperatòu.]

A èntrin il Imperatòu, Fàustus, e un Cavalièr cuj so atendèns

Imperatòu
Messèr Dotòr Fàustus, tanti stranèsis a mi son stàdis riferìdis su la to sapiensa su la magìa nera; che nisùn in tal me impero o'n tal mont intej al sà dut chèl ch'i ti sàs tu sui efiès strans da la magìa. A dìšin che un spìrit a ti compagna, ca ti asìst a fà chèl ch'i ti vòus fà. Èco chì alora sè ch'i vuej vej: ch'i ti mi dèdis na prova da la to bravura, che i me vuj a dovèntin testimònis par podej conferma chèl che li me orèlis a àn sintùt; e i ti zuri pal onòu da la me corona imperiàl che cualsìasi roba ch'i ti fèdis, i no ti vegnaràs nè criticàt nè danegjàt.

Il Cavalièr [in banda]
O Diu, al somèa un prestigjadòu.

Fàustus
Maestàt, se ben ca mi tocja confesà ch'i mi sìnt na vura al di sot di dùt chèl che sù di me al è stàt riferìt, e altritànt lontàn da podej rìndighi onòu a la vustra maestàt imperiàl, lo stes pal amòu e dovej ca mi tègnin leàt a la Vustra corona, i faraj volentej dùt chèl che la maestàt vustra a mi comanda di fà.

145

EMPEROR
Then, Doctor Faustus, mark what I shall say. As
I was sometime solitary set, within my closet, sundry
thoughts arose, about the honour of mine ancestors, how
they had won by prowess such exploits, got such riches,
subdued so many kingdoms, as we that do succeed, or they
that shall hereafter possess our throne, shall (I fear me) ne-
ver attain to that degree of high renown and great autho-
rity, amongst which kings is Alexander the great, chief
spectacle of the world's preeminence,
The bright shining of whose glorious acts
Lightens the world with his reflecting beams,
As when I hear but motion made of him,
It grieves my soul I never saw the man.
If, therefore, thou, by cunning of thine art,
Canst raise this man from hollow vaults below,
Where lies entombed this famous conquerour,
And bring with him his beauteous paramour,
Both in their right shapes, gesture, and attire
They used to wear during their time of life,
Thou shalt both satisfy my just desire,
And give me cause to praise thee whilst I live.

FAUSTUS
My gracious Lord, I am ready to accomplish your
request, so far forth as by art and power of my spirit I am
able to perform.

KNIGHT
I'faith that's just nothing at all.
Aside.

146

Imperatòu
Alora, Dotòr Fàustus, scolta bèn sè ch'i dìs.
A mi è da li vòltis capitàt che,
besòu ta li me stànsis, a pensà
mi metès al onòu daj me antenàs,
com' che fàt a vèvin da li grand' imprèšis,
cjatàt tešòrus, domàt tancju reàms
coma ch'i fìn nu, che sinò chej che
dopo di nu a varàn il nustri trono, maj
a rivaràn (i tèm) a otegni la nustra
stesa fama e grand' autoritàt.
Fra scju re al è Lesandri'l Grant,
il prin daj eminèns dal mont intej,
che'l lušòu da li so'mprèšis gloriòšis
al riflèt encjamò sù dut il mont,
e che doma al sìntilu minsonà
tant mal mi sìnt par no vèjlu maj jodùt.
Se duncja cu la capacitàt da la to art
ti pòs clamà sù stu omp da li càvis soteràneis
indà che stu concuistadòu famòus soteràt al è,
e partà cun luj la so tant biel' amànt,
in ta li so veri fòrmis, comportamìnt,
e vistìs che 'ntòr da vifs a vèvin,
ti podaràs alora sodisfà'l me dešideri
e merità li làudis mes par sempri.

Fàustus
Maestàt, i soj ben pront di fà dut chèl ch'i mi comadàis di fà,
basta che la magìa e la potensa dal me Spìrit a mi permètin
di falu.

Il Cavalièr [in banda]
Chel lì, pardìu, a nol è nuja dal dut.

FAUSTUS
But if it like your Grace, it is not in my ability to
present before your eyes, the true substantial bodies of those
two deceased princes, which long since are consumed to
dust.

KNIGHT
Ay, marry, Master Doctor, now there's a sign of grace
in you, when you will confess the truth. Aside.

FAUSTUS
But such spirits as can lively resemble Alexander
and his Paramour, shall appear before your Grace, in that
manner that they best lived in, in their most flourishing
estate, which I doubt not shall sufficiently content your
imperial majesty.

EMPEROR
Go to, Master Doctor, let me see them presently.

KNIGHT
Do you hear, Master Doctor? You bring Alexander and his
paramour before the Emperor?

FAUSTUS
How then, sir?

KNIGHT
I'faith that's as true as Diana turned me to a stage.

FAUSTUS
No, sir, but when Acteon died, he left the horns for
you. Mephistophilis, be gone. Exit Mephistophilis.

Fàustus
Purtròp, Messèr, a no mi è pusìbul di prešentavi davànt i
cuarps stes di chej doj prìncipes decedùs, che da tant timp a
sòn doventàs pòlvar.

Il Cavalièr [in banda]
Pa la madona, siòr Dotòr, chel lì sì cal è sen di benedisiòn in
vu, se doma i ametèsis la veretàt.

Fàustus
Ma spìris di chej che someàjghi na vura a pòsin a Lesandri e
a la so amànt a si faràn jodi davànt di Vustra Maestàt in ta la
miej maniera ca vivèvin, in tal miej momènt da la so vita; e
chistu, i soj sigùr, a contentarà un biel puc la Vustra Maestàt
Imperiàl.

Imperatòu
Và ben, Messèr Dotòr, fèimiu sùbit jodi.

Il Cavalièr
Sintèišu, Messèr Dotòr? Partàit Lesandri e la so amànt in
front dal Imperatòu!

Fàustus
Vàja ben cussì, siòr?

Il Cavalièr
Pardìu, tant vera a è che lì, coma se Diana a mi vès cambiàt
in ta un cerf!

Fàustus
No, siòr, però cuant che Actæon al è muart, al à lasàt i cuars
par vu. Mefistòfil, còr via.
                    [*Mefistòfil a và fòu.*]

149

KNIGHT
Nay, an you go to conjuring, I'll be gone.
Exit Knight.

FAUSTUS
I'll meet with you anon for interrupting me so.
Here they are my gracious Lord.

Enter Mephistophilis: with Alexander and his paramour.

EMPEROR
Master Doctor, I heard this Lady while she lived
had a wart or mole in her neck. How shall I know whether
it be so or no?

FAUSTUS
Your highness may boldly go and see. Exit Alexander.

EMPEROR
Sure these are no spirits, but the true substantial
bodies of those two deceased princes.

FAUSTUS
Will't please your highness now to send for the knight
that was so pleasant with me here of late?

EMPEROR
One of you call him forth. Exit Attendant.

Il Cavalièr
No, po; si stèis clamànt i spìrs. I vaj via.

[*Al và.*]

Fàustus
I vèn bej a cjatavi, e sùbit, par vèjmi intrigàt. Èco chì, alora,
Maestàt.

*Al rièntra Mefistòfil cuj spìris in forma di Alesandri e da la
so amànt.*

Imperatòu
Messèr Dotòr, a mi è stàt dita che cuant ch'encjamò a era'n
vita chista dama a veva un risòu o un nèo in tal cuel: coma i
fàju a savej s'a è vera o no?

Fàustus
Zèit pur, Maestàt, a jodi e siguràivi.

Imperatòu
I jòt adès che scju chì a no sòn spìrs, ma cuarps vèros e
materiài di chej doj prìncipes muars.

[*Exeunt i spìris.*]

Fàustus
Pemetèišu adès, Maestàt, ca si mandi a clamà pal Cavalièr
che cussì gentìl al è stàt cun me cuant ch'i eri chì prima?

Imperatòu
Un di vuàltris—fèjlu vignì chì sùbit.

[*Il atendènt al và fòu.*]

151

Enter the Knight with a pair of horns on his head.

EMPEROR
How now, sir knight? Why I had thought thou
hadst been a bachelor, but now I see thou hast a wife, that
not only gives thee horns, but makes thee wear them, feel
on thy head.

KNIGHT
Thou damned wretch, and execrable dog,
Bred in the concave of some monstrous rock.
How darest thou thus abuse a gentleman?
Villain, I say, undo what thou hast done.

FAUSTUS
O, not so fast sir; there's no haste; but, good, are you
remembered how you crossed me in my conference with the
Emperor? I think I have met with you for it.

EMPEROR
Good Master Doctor, at my entreaty release him;
he hath done penance sufficient.

FAUSTUS
My Gracious Lord, not so much for the injury he
offered me here in your presence, as to delight you with
some mirth, hath Faustus worthily requited this injurious
knight, which being all I desire, I am content to release him
of his horns: and, sir knight, hereafter speak well of scholars.
Mephistophilis, transform him stright. Mephistophilis
removes the horns. Now my good Lord
having done my duty, I humbly take my leave.

152

Al torna dentri il Cavalièr cun doj cuars tal cjaf

Ma vuarda chì, siòr Cavalièr! I crodevi ch'i ti fòs scàpul, ma i jòt invènsi ch'i ti às na fèmina, ca no ti fà doma i cuars, ma che adiritura a ti'u mèt intòr. Pàlpiti il cjaf.

Il Cavalièr
Stu cjan disgrasiàt e mišeràbil,
concepìt in ta un buròn di montàgna,
coma ti permètitu di ufìndi un galantòmp?
Vilàn ch'i ti sòs; disfa a colp chèl ch'i ti às fàt!

Fàustus
Cun calma, siòr; a n'ocòr vej primura; ma, siòr me, vi recuardàišu coma ch'i mi vèis cjòlt inziru du,'ant la me conferensa cul Imperatòu? Adès i sìn a pari, no?

Imperatòu
Bon Messèr Dotòr, i ti prej di lasalu lìbar; al à fàt asaj penitensa.

Fàustus
Maestàt, a no è tant par èsi stàt ufindùt uchì davànt di vu, ma pì di dut par davi un pu' di plašej, che Fàustus a ghi à tornàt un pu' da la so a stu 'mpertinènt di cavalièr; e esìnt chèl dut chèl ca mi'mpuarta, i ghi faj volentej sparì i cuars: ma di chì 'ndavànt vuardàit ben, siòr cavalièr, di parlà ben daj studiòus. Mefistòfil, trasfòrmilu a colp. [*Mefistòfil a ghi fà sparì i cuars.*] Adès, Maestàt, ch'i ài fàt il me dovej, pemetèjmi di zì.

EMPEROR
Farewell, Master Doctor, yet ere you go, expect
from me a bounteous reward.

Exit Emperor.

Imperatòu
Adìo, Messèr Dotòr; ma prin di zì,
Speta di risevi da me un prèmiu generòus.

[*Exeunt.*]

Scene 11

[A field; later, in Faustus' house.]

Enter Mephistophilis

FAUSTUS
Now, Mephistophilis, the restless course that time
doth run with calm and silent foot,
Shortening my days and thread of vital life,
Calls for the payment of my latest years.Therefore, sweet
Mephistophilis, let us make haste to Wer-
tenberg.

MEPHISTOPHILIS
What, will you go on horse back, or on foot?

FAUSTUS
Nay, 'til I am past this faire and pleasant green, I'll
walk on foot. Enter a Horse-courser.

HORSE-COURSER
I have been all this day seeking one master Fu-
stian: mass, see where he is. God save you, Master Doctor.

FAUSTUS
What, horse-courser; you are well met.

Scena 11

[Un prat; pì tars la cjaša di Fàustus]

Al entra Mefistòfil

Fàustus
Adès, Mefistòfil, il motu inešoràbil dal Timp,
cal cor 'ndavànt cun piè calmo e sidìn,
scurtànt i me dìs e'l fil da la me vita,
a si stà scalamànt par scuedi i me ùltins àis;
e cussì, il me bon Mefistòfil, corìn
svels a Wittenberga.

Mefisto
Volèišu zì a cjavàl o a piè?

Fàustus
Ma—i vuej cjaminà fin a la fin di stu biel prat.

Al èntra un atendènt daj cjavaj

Atendènt
A è dut il dì ch'i vaj in sercja di un Siòr Fùstian: pa la mišèria, èco là cal è! Diu vi proteši Siòr Dotòr!

Fàustus
Bun dì, atendènt daj cjavaj!

157

HORSE-COURSER
Do you hear sir? I have brought you forty dol-
lars for your horse.

FAUSTUS
I cannot sell him so. If thou lik'st him for fifty, take
him.

HORSE-COURSER
Alas sir, I have no more; I pray you speak for
me.

MEPHISTOPHILIS
I pray you let him have him; he is an honest fellow,
and he has a great charge, neither wife nor child.

FAUSTUS
Well, come give me your money. My boy will deli-
ver him to you, but I must tell you one thing before you
have
him: ride him not into the water at any hand.

HORSE-COURSER
Why sir, will he not drink of all waters?

FAUSTUS
O yes, he will drink of all waters, but ride him not
into the water: ride him over hedge or ditch, or where thou
wilt, but not into the water.

Atendènt

Mi sintèišu, siòr? I vi ài partàt cuaranta dòlars pal vustri
cjavàl.

Fàustus

I no pòl vèndilu par cussì puc: si ti vòus vèjlu par sincuanta,
al è to.

Atendènt

Purtròp, siòr, i no pòl permètimi di pì. Vi prej di vej
compasiòn di me.

Mefisto

Vi prej di lasàjghilu: al è na bunànima di omp, cun un biel
cargu ta li spàlis, nè fèmina nè fioj

Fàustus

Ma sì, và; dà chì i to bès. [*Il atendènt daj cjavaj a ghi dà i
bès.*] I ti lu faraj partà, fantàt. Ma i vuej prima dišiti alc:
nosta maj cori cun luj in ta l'aga.

Atendènt

Ma parsè, siòr—a nol bèvia cualsìasi aga?

Fàustus

Sì, sigùr, al bèif in ta cualsìasi aga, ma nosta falu cori in ta
l'aga: còr cun luj visìn da li brùsis o'n tal orli daj fosaj,
o'ndulà ca ti pàr e plàs, ma no'n ta l'aga.

159

HORSE-COURSER
Well, sir, Now am I made man forever. I'll not
leave my horse for forty. Aside. If he had but the quality of
hey-ding-ding, hey-ding-ding, I'd make a brave living on
him; he has a buttock so slick as an eel. Well, God buy sir;
your boy will deliver him me. But hark ye, sir, if my horse
be sick, or ill at ease, if I bring his water to you, you'll tell
me what is?

Exit Horse-courser

FAUSTUS
Away, you villain; what, dost think I am a horse-
doctor? What art thou, Faustus, but a man condemned to
die?
Thy fatal time doth draw to final end;
Despair doth drive distrust unto my thoughts:
Confound these passions with a quiet sleep.
Tush, Christ did call the thief upon the cross,
Then rest thee, Faustus, quiet in conceit. Sleeps in his chair.

Enter Horse-courser all wet, crying.

HORSE-COURSER
Alas, alas! Doctor Fustian, quotha? Mass, Doctor Doctor
Lopus was never such a Doctor. Has given me a purgation,
has purged me of forty dollars; I shall never see them more.
But yet, like an ass as I was, I would not be ruled by him,
for he bade me I should ride him into no water.

Atendènt
Và ben, Siòr. —[*In banda*] Adès i doventi omp. I no vaj par sigùr a dalu sù par cuaranta. S'al è bon di fà dindulà, di fà dindulà…'l so cošo, i vaj a fami la me furtuna cun luj. Al à na culata lisa coma na bišata. Alora, vi daj'l me adìo, siòr. Il vustri garzòn mi lu partarà. Ma, siòr, se'l me cjavàl al stà puc ben o a si mala—si vi parti la so aga, mi dišarèišu sè cal à?

Fàustus
Via di chì, canaja! Par cuj mi cjàpitu—par un miedi di cjavaj?
[*Il atendènt daj cjavaj al và fòu.*]
Sè sotu tu, Fàustus, fòu che un omp condanàt a murì?
La to fin a si stà visinànt;
la disperasiòn a mi mèt pensèis brus tal cjaf:
miej copà sti pasiòns cul durmì.
Sidìn. Crist al à clamàt il lari da la cròus;
e alora ripoša, Fàustus, cuièt e in pas.

[*Al durmìs in ta la so cjadrèa.*]

[*Al entra di nòuf il atendènt daj cjavaj, dut plomp e planzìnt.*]

Atendènt
Oh puòr me, puòr me! Dotòr Fùstian, si clàmia cussì? Pa la mišèria, Dotòr Lòpus[24] a nol è maj stàt un miedi cussì. A mi à dàt na purga ca mi à purgàt di cuaranta dòlars, ch'i no jodaraj maj pì. Lo stes, da mona ch'i soj stàt, i no lasaraj ca mi meni 'nziru, pars'che luj mi veva dita di no fà cori'l cjavàl in ta l'aga.

---

[24] A dìšin che Dr. Lopez, miedi da la Regina Lišabeta, al era stàt impicjàt in tal 1594 par vej tentàt di velenà la regina.

Now, I, thinking my horse had had some rare quality that he
would not have had me known of, I, like a venturous youth,
rid him into the deep pond at the town's end. I was no sooner
in the middle of the pond, but my horse vanished away, and
I sat upon a bottle of hey, never so near drowning in my life.
But I'll seek out my Doctor, and have my forty dollars again,
or I'll make it the dearest horse. O, yonder is his snipper-
snapper, do you hear? You, hey, pass, where's your
master?

MEPHISTOPHILIS
Why sir, what would you? You cannot speak
with him.

HORSE-COURSER
But I will speak with him.

MEPHISTOPHILIS
Why, he's fast asleep; come some other time.

HORSE-COURSER
I'll speak with him now, or I'll break his glass-
windows about his ears.

MEPHISTOPHILIS
I tell thee he has not slept this eight nights.

HORSE-COURSER
And he have not slept this eight weeks I'll speak
with him.

MEPHISTOPHILIS
See where he is fast asleep.

E jò, sigùr che'l me cjavàl al veva cualchi cualitàt specjàl
che luj nol voleva ch'i savès; jò alora, da zòvin venturòus
ch'i soj, i lu ài fàt zì dentri dal lagùt in font dal paìs. Apena
rivàt in tal miès dal lagùt, sè susèdia? A susèit che il me
cjavàl al sparìs, e jò i soj restàt sintàt in ta na bala di fen, che
cuaši cuaši mi soj 'nnegàt. Ma i cjati ben jò il me Dotòr , ca
mi torni 'ndavòu i me cuaranta dòlars, che sinò il cjavàl al
sarà masa cjar.—Oh, ma là cal è'l so tramaj di consilièr.
Ejlà—mi scòltitu? Sì, tu—indulà'l eše to siòr?

Mefisto
Sè ca è, siòr; sè volèišu? I no podèis parlà cun luj.

Atendènt
Ma sì ch'i vuej tabajà cun luj.

Mefisto
Al stà durmìnt. Tornàit n'altra volta.

Atendènt
I vuej tabajà cun luj adès, o'i ghi ròmp il veri dal so barcòn
in ta l'orela.

Mefisto
Ma i ti dìs ca sòn vot dìs ca nol durmìs.

Atendènt
I vuej parlàjghi encja s'a sòn vot setemànis ca nol durmìs.

Mefisto
Jòt là cal è, indurmidìt.

HORSE-COURSER
Ay, this is he; God save ye Master Doctor, Master
Doctor, Master Doctor Fustian, forty dollars, forty dollars
for a bottle of hey.

MEPHISTOPHILIS
Why, thou seest he hears thee not.

HORSE-COURSER
So, ho, ho; so, ho, ho. Hollars in his ear.
No, will you not wake? I'll make you wake ere I go.
Pulls Faustus him by the leg, and pulls it away.
Alas, I am undone! What shall I do?

FAUSTUS
O, my leg, my leg, help Mephistophilis, call the
officers, my leg, my leg.

MEPHISTOPHILIS
Come, villain, to the Constable.

HORSE-COURSER
O Lord sir, let me go, and I'll give you forty dol-
lars more.

MEPHISTOPHILIS
Where be they?

HORSE-COURSER
I have none about me. Come to my ostry, and I'll
give them you.

Atendènt
Al è luj, sì. Diu vi proteši, Siòr Dotòr! Siòr Dotòr, Siòr
Dotòr Fustiàn!—Cuaranta dòlars, cuaranta dòlars par na
bala di fen!

Mefisto
Ma i no jòditu ca no ti sìnt?

Atendènt
Alora ra, ra ra!—alòr' ra ra! [*A ghi siga ta l'orela.*]
No, no ti svèitu? I ti svèj ben jò prin di zì. [*A ghi tira na
gjamba a Fàustus, ca ghi resta in man.*] Oh puòr me! Adès i
soj ruvinàt! Sè faju!

Fàustus
La me gjamba, oh la me gjamba! Jùdimi, Mefistòfil! Clama
i vuardiàns. La me gjamba, la me gjamba!

Mefisto
Vèn cun me, canaja, là daj vuardiàns.

Atendènt
Oh Signòu, siòr, lasàimi zì, ch'i vi daj altri cuaranta dòlars.

Mefisto
Indulà a soni?

Atendènt
I no ju ài cun me. Vèn là da l'ostarìa e i ti ju daj.

MEPHISTOPHILIS
Be gone quickly. Horse-courser runs away.

FAUSTUS
What, is he gone? Farewell he. Faustus has his leg
again, and the Horse-courser I take it, a bottle of hey for his
labour. Well, this trick shall cost him forty dollars more.
Enter Wagner.
How now, Wagner; what's the news with thee?

WAGNER
Sir, the Duke of Vanholt doth earnestly entreat
your company.

FAUSTUS
The Duke of Vanholt! an honourable gentleman,
to whom I must be no niggard of my cunning. Come, Me-
phistophilis, let's away to him.

[Exeunt.]

Mefisto

Và via di chì! [*Il atendènt daj cjavaj al scjampa via.*]

Fàustus

Al eše zùt? Cal zedi pur chel sacramènt! Fàustus al à la so gjamba di nòuf, e il atendènt daj cjavaj al à na bala di fen pal so lavoru—e'l so schers ghi costarà altri cuaranta dòlars.

[*Al entra Wagner.*]

Alora, Wagner, sè nuvitàs i àtu?

Wagner

Messèr, il Duca di Vanolta a vi prèa di zì a cjatalu.

Fàustus

Il Duca di Vanolta! Un galantòn di omp. Cun luj a no bišugna ch'i tiri il cul indavòu cuj me trùcos. Vèn, Mefistòfil, zìn a cjatalu.

[*Exeunt.*]

Scene 12

[Court of Duke of Vanholt.]

Enter to them the Duke of Vanholt and the Duchess;
the Duke speaks.

DUKE
Believe me, Master Doctor, this merriment hath
much pleased me.

FAUSTUS
My gracious lord, I am glad it contents you so
well. But it may be, madam, you take no delight in this; I
have heard that great bellied women do long for some dain-
ties or other. What is it, madam? Tell me, and you shall have
it.

DUCHESS
Thanks, good Master Doctor,
And for I see your courteous intent to pleasure me, I will not
hide from you the thing my heart desires, and were it now
summer, as it is January, and the dead time of the winter, I
would desire no better meat then a dish of ripe grapes.

Scena XII

[La Cort dal Duca di Vanolta.]

A èntrin il Duca, la Duchesa, Fàustus e Mefistòfil.

Duca
Crodèimi, Messèr Dotòr, stu divertimìnt a mi à dàt tant
plašej.

Fàustus
Signorìa, i soj contènt ca vi vedi plašùt. Ma a pòl ben dasi,
madama, che chistu no vi dedi nisùn gust. I ài sintùt diši che
a li fèminis da la vustra rotonda condisiòn a ghi vèn voja di
cualchi delicatesa. In tal vustri cašu, sè ca è? Dišèimilu e i la
varèis.

Duchesa
Gràsis, il me bon Messèr Dotòr; e dal momènt ch'i sèis ben
dispòst di fami plašej, i no vi plati sè che il me còu in ta stu
momènt al dešidera; e se adès a fòs estàt, invensi di èsi zenàr
e plen unvièr, a mi plašarès vej pì che altri un biel plat di ùa
ben madura.

FAUSTUS
Alas, madam, that's nothing. Mephistophilis, be
gone: [Exit Mephistophilis.] Were it a greater thing than this,
so it would content you, you should have it.

Enter Mephistophilis with the grapes.

Here they be, madam; wil't please you taste
on them.

DUKE
Believe me, Master Doctor, this makes me wonder
above the rest, that being in the dead time of winter, and in
the month of January, how you should come by these grapes.

FAUSTUS
If it like your Grace, the year is divided into two
circles over the whole world, that when it is here winter
with us, in the contrary circle it is summer with them, as in
India, Saba, and farther countries in the East; and by means
of a swift spirit that I have, I had them brought hither, as ye
see, how do you like them madam? Be they good?

DUCHESS
Believe me, Master Doctor, they be the best grapes
that e'er I tasted in my life before.

FAUSTUS
I am glad they content you so, madam.

DUKE
Come, madam, let us in, where you must well re-
ward this learned man for the great kindness he hath showed
to you.

Fàustus
Figurasi, madama; chè a è na roba da nuja! Mefistòfil, còr.
[*Mefistòfil al và fòu.*] Encja s'a fòs alc di pì tant grant di
chistu, par favi stà contenta i vi lu lasarès vej.

Al torna Mefistòfil cun l'ùa.

Èco chì, Madama, sercjàit pur.

Duca
Crodèimi, Messèr Dotòr, che chista a è na roba ca mi
maravèa pì di dut, che encja si sìn in plen unvièr e'n tal mèis
di zenàr, i sèis lo stes bon di otegni sta ùa.

Fàustus
Cun permès, Signorìa, il àn al divìt il mont in doj sìrcuj, che
cuant che chì di nuàltris a è unvièr, a è estàt in tal sìrcul
contrari, coma in India, Saba, e in altri nasiòns pì lontànis
dal Orient; e ušànt un spìrit me, amondi svelt, a mi è stàt
pusìbul fala partà chì, coma ch'i podèis jodi. A vi plašia,
madama; a eše buna?

Duchesa
Crodèimi, Messèr Dotòr, a è l'ùa pì buna ch'i veda maj
sercjàt in vita me.

Fàustus
I soj contènt ca vi plaši, Madama.

Duca
Vegnèit, Madama, zìn dentri, indulà ch'i volarèis premià stu
sàviu di omp pa la gentilesa ca vi à mostràt.

DUCHESS
And so I will my Lord, and whilst I live,
rest beholding for this courtesy.

FAUSTUS
I humbly thank your Grace.

DUKE
Come, Master Doctor, follow us, and receive your
reward.

[Exeunt.]

Duchesa
E cussì i faraj, siòr me; e fin ch'i vìf i no mi dismintiaraj maj
di chista cortešìa.

Fàustus
I vi ringrasi tant, Signorìa.

Duca
Vegnèit, Messèr Dotòr; vegnèit cun nuàltris par risevi il
vustri prèmiu.

[*Exeunt.*]

Scene 13

[A hall in Faustus' house.]

Enter Wagner, solus.

WAGNER
I think my master means to die shortly,
For he hath given to me all his goods,
And yet me thinks, if that death were near,
He would not banquet, and carouse, and swill
Amongst the students, as even now he doth,
Who are at supper with such belly-cheer,
As Wagner never beheld in all his life.
See where they come. Belike the feast is ended.

Enter Faustus, with two or three Scholars

1. SCHOLARS
Master Doctor Faustas, since our conference a-
bout faire ladies, which was the beautiful'st in all the world,
we have determined with our selves, that Helen of Greece
was the admirabl'st Lady that ever lived. Therefore, Master
Doctor, if you will do us that favor, as to let us see that peer-
less Dame of Greece, whom all the world admires for ma-
jesty, we should think our selves much beholding unto
you.

Scena XIII

[Na sala in ta la cjaša di Fàustus.]

Al entra Wagner

Wagner
Il me paròn, i cròt, al à'ntensiòn di murì fra puc,
parsè ca mi à lasàt ducju i so bens a mi.
E pur, se la so muart a fòs cussì visina
a nol zarès a fà fièstis e baldòria
cuj so studèns, com'cal stà fašìnt adès:
a stàn senànt e fašìnt un tal bacàn
che Wagner a nol à maj jodùt na roba cussì.
Èco là ca vègnin! Forsi la fiesta a è finida.

Al entra Fàustus cun doj studiòus [e Mefistòfil].

Prin Studiòus
Messèr Dotòr Fàustus, da la nustra discusiòn su li bieli
fèminis, su cuala ca sarès la pì biela dal mont, i vìn
determinàt che Elina di Grecja a era la fèmina pì amiràbil ca
vedi maj vivùt. Duncja, Messèr Dotòr, si ni fèis il plašej di
lasà ch'i jodini sta dama che'n tal mont a no'n d'è n'altra
compagna, e che dut il mont a si maravèa pa la so maestàt, i
vi sarèsin na vura riconosèns.

FAUSTUS
Gentlemen, for that I know your friendship is un-
fained, and Faustus custom is not to deny the just requests
of those that wish him well, you shall behold that peerless
dame of *Greece*, no otherwise for pomp and majesty, then
when sir Paris crossed the seas with her. and brought the
spoils to rich Dardania. Be silent then, for danger is in words.

Music sounds, and Helen passeth over the stage.

2. SCHOLAR
Too simple is my wit to tell her praise,
Whom all the world admires for majesty.

3. SCHOLAR
No marvel though the angry Greeks pursued
With ten years war the rape of such a queen,
Whose heavenly beauty passeth all compare.

1. SCHOLAR
Since we have seen the pride of nature's works,
And only paragon of excellence,

Enter an Old Man.

Let us depart, and for this glorious deed
Happy and blest be Faustus evermore.

FAUSTUS
Gentlemen, Farewell, the same I wish to you.

Exeunt Scholars.

Fàustus
Siòrs mes,
parsè ch'i saj ch'i no mi sèis amìcs fals,
e a è ušansa di Fàustus di maj negà
li vòis di chej ca ghi vòlin ben,
i jodarèis la 'ncomparàbil dama di Grecja
cun duta la pompa e maestàt
di cuant che'l siòr Pàride'n mar metùt si veva
e Cun ic tornàt al era'n ta la splendida Dardania.
Tašèit, alora, che'n ta li peràulis a è perìcul.

[*Sun di mušica, e Elina a pasa atravièrs il palco.*]

Secònt Studiòus
A mi màncin li peràulis par laudala benòn,
com'che dut il mont a si maravèa pa la so maestàt.

Ters Studiòus
Nisuna maravèa che dut' furiòus i Grecs a vèdin
lotàt par dèis àis pal rapimìnt di na regina cussì,
cu la so celestiàl e' ncomparàbil bielesa.

Prin Studiòus
Adès ch'i vìn jodùt il pi grant vant da la Natura
e ùnic paragòn da l'ecelensa,
zìn via; e par sta glorioša 'mpreša
cal sedi Fàustus par sempri contènt e benedèt.

Fàustus
I vi saludi, siòrs mes, e i vi faj'l stes auguri.

[*Exeunt i Studiòus , e Wagner.*]

OLD MAN
Ah, Doctor Faustus, that I might prevail,
To guide thy steps unto, the way of life,
By which sweet path thou maist attain the goal
That shall conduct thee to celestial rest.
Break heart, drop blood, and mingle it with tears,
Tears falling from repentant heaviness
Of thy most vile and loathsome filthiness,
The stench whereof corrupts the inward soul
With such flagitious crimes of heinous sins,
As no commiseration may expel,
But mercy, Faustus, of thy Savior sweet,
Whose blood alone must wash away thy guilt.

FAUSTUS
Where art thou, Faustus? Wretch, what hast thou done?
Damned art thou, Faustus, damned, despair and die;
Hell calls for right, and with a roaring voice
Says, Faustus, come! thine hour is come.
[Mephistophilis. gives him a dagger.]
And Faustus--will come to do thee right.

OLD MAN
Ah stay, good Faustus, stay thy desperate steps.
I see an angel hovers ore thy head,
And, with a vial full of precious grace,
Offers to pour the same into thy soul;
Then call for mercy and avoid despair.

FAUSTUS
Ah, my sweet friend, I feel thy words
To comfort my distressed soul;
Leave me a while to ponder on my sins.

Al entra un Vecju

Vecju
Ah, Dotòr Fàustus, se doma i podès
guidà i to pas pa la strada justa,
che par chè ti pòsis otegni che buna fin
che'n cjel a riposà a pòl partati!
Ròmpiti còu, spànt sanc e'nsèmbriti cun làgrimis,
làgrimis ca còlin da un pentimìnt totàl
pa li to porcarìis pì orìbilis e schifòsis,
cu la spusa da la to ànima marsida
daj to pecjàs pì nèris e asiòns pì nefàndis,
che perdonàdis no vègnin da nisuna comišerasiòn,
ma dom' da la grasia, Fàustus, dal to dols Redentòu,
che doma'l sanc so al pòl lavà li to còlpis.

Fàustus
Indà i sotu, puòr Fàustus? Sè atu fàt?
Danàt ti sòs, Fàustus, danàt. Dispera e crepa!
L'infièr a ti clama cul so rugnà terìbil:
"Vèn, Fàustus! Vèn! La to ora a è rivada!"
E Fàustus al vegnarà a fà'l so dovej.

[*Mefistòfil a ghi dà un pugnàl.*]

Vecju
Ah, ferma, Fàustus, ferma'l to pas disperàt!
I ti às un ànzul 'mparzora dal cjaf
cal ufrìs di sbicjati in ta l'ànima
na 'mpula plena da la gràsia pì pura:
alora domanda perdòn, e bandona la disperasiòn.

Fàustus
Ah'l me bon compaj, i sìnt ben il cunfuàrt
che li peràulis tòs ghi dàn al me puòr spìrit.
Làsa ch'i ghi pensi un puc ai me pecjàs.

OLD MAN
I go, sweet Faustus, but with heavy cheer,
Fearing the ruin of thy hopeless soul.

FAUSTUS
Accursed Faustus, where is mercy now?
I do repent, and yet I do despair.
Hell strives with grace for conquest in my breast;
What shall I do to shun the snares of death?

MEPHISTOPHILIS
Thou traitor, Faustus, I arrest thy soul
For disobedience to my sovereign lord.
Revolt, or I'll in piece-meal tear thy flesh.

FAUSTUS
Sweet Mephistophilis, entreat thy lord
To pardon my unjust presumption,
And with my blood again I will confirm
My former vow I made to Lucifer.

MEPHISTOPHILIS
Do it then quickly, with unfained heart,
Lest greater danger do attend thy drift.

FAUSTUS
Torment, sweet friend, that base and crooked age,
That dar'st dissuade me from thy Lucifer,
With greatest torments that our hell affords.

Vecju
I vaj, bon Fàustus, ma cul còu pešànt,
plen di poura pa la to puor' ànima.

[*Al và fòu.*]

Fàustus
Maladèt di Fàustus—indà 'eše adès la pietàt?
I mi pentìs; e pur i mi disperi;
'l infièr al lota cu la gràsia par concuistà'l me còu:
sè àju da fà par no vignì 'ntrapulàt da la muart?

Mefisto
Traditòu di Fàustus; i ti 'resti l'ànima
par vej dišubidìt il me siòr e Re;
pentìsiti, sinò i faraj sbranà'l to cuarp.

Fàustus
O'l me bon Mefistòfil, prèa'l to siòr
di perdonami la me prešunsiòn;
e cul me sanc i confermi di nòuf
la promesa ch'i ghi vevi fàt a Lusìfar.

Mefisto
Falu alora, e sùbit, sensa pretindi,
che sinò ti zaràs cuntr' un perìcul tant pì grant.

[*Fàustus a si spùns il bras e al scrìf alc cul so sanc in ta na cjarta.*]

Fàustus
Tormenta, compaj me, cuj turmìns
pì grancj' dal infièr chel brut vecjàt
che sviàt mi veva dal me Lusìfar.

MEPHISTOPHILIS
His faith is great, I cannot touch his soul,
But what I may afflict his body with,
I will attempt, which is but little worth.

FAUSTUS
One thing, good servant, let me crave of thee:
To glut the longing of my heart's desire,
That I might have unto my paramour,
That heavenly Helen which I saw of late,
Whose sweet embracings may extinguish clean
These thoughts that do dissuade me from my vow,
And keep mine oath I made to Lucifer.

MEPHISTOPHILIS
Faustus, this, or what else thou shalt desire,
Shall be performed in twinkling of an eye.

Enter Helen.
FAUSTUS
Was this the face that launched a thousand ships?
And burnt the topless towers of Ilium?
Sweet Helen, make me immortal with a kiss.
Her lips suck forth my soul; see where it flies.
Come, Helen, come give me my soul again.
Here will I dwell, for heaven be in these lips,
And all is dross that is not Helena.

Enter Old man

I will be Paris, and for love of thee,
Instead of Troy shall Wertenberg be sacked,
And I will combat with weak Menelaus,
And wear thy colours on my plumed crest;

Mefisto
Al à masa fede, i no pòl tocjàighi l'ànima;
ma tormentàighi'l cuarp i provaraj,
encja se chel puc al zovarà.

Fàustus
Da te, serf me, na roba i vuej vej
par sodisfà un me grant dešideri—
ch'i posi vej com'amant
la celestiàl Èlina, ch'jodùt i'ai puc fà,
che cul cocolami a distudarà ic
chej pensèis ca mi lontànin,
da la promesa fata a Lusìfar.

Mefisto
Fàustus, chista o cualsìasi altra to voja
a vegnarà sodisfada'n ta'un bati di vuli.
                    [*A torna Èlina.*]

Fàustus
A èria chista la musa ch'a fàt partì mil nafs
e di Ilium brušà li tors che'n alt a zèvin fin tal cjel?
O Èlina, rìndimi imortàl cun un busòn.
                    [*A la busa.*]
I làvris sos a mi sùpin sù l'ànima; jòdila lasù—
vèn Èlina, sù, dami 'ndavòu l'ànima.
Chì i vuej restà, chè'n ta scju làvris al è'l paradìs,
che dut un nuja al è chèl che Èlina a nol è.

                    [*Al torna il Vecju.*]

I saraj Pàride, a par amòu di te
invensi di Troja a vegnarà Wittenberga ruvinada,
e jò i combataraj cul puòr Menelao,
e'i so colòus al varà'l me elmèt plumàt;

Yea, I will wound Achilles in the heel,
And then return to Helen for a kiss.
O, thou art fairer than the evening air,
Clad in the beauty of a thousand stars,
Brighter art thou than flaming Jupiter,
when he appeared to hapless Semele,
More lovely then the monarch of the sky
In wanton Arethusa's azured arms,
And none but thou shalt be my paramour.

Exeunt.

OLD MAN
Accursed Faustus, miserable man,
That from thy soul exclud'st the grace of heaven,
And fly'st the throne of his tribunal seat,

Enter the Devils.

Satan begins to sift me with his pride:
As in this furnace God shall try my faith,
My faith, vile fuel, shall triumph over thee.
Ambitious fiends, see how the heavens smiles
At your repulse, and laughs your state to scorn.
Hence, hell! for hence I fly unto my God.

Exeunt.

e'l talòn di Achìl i zaraj a ferì,
par tornà dopo a busà la me Èlina.
Oh, pì ninina i ti sòs da l'ariuta da la sera,
vistida doma di mil stelùtis bièlis;
pì luminoša ti sòs dal sflameànt Gjove
cuant che strabiliàt al veva la puora Sèmele:
pì biela dal re dal cjel pojàt
e cocolàt'n taj bras blu di Aretuša;
e doma te i ti amaraj.

[Exeunt.]

Vecju
Maladèt di Fàustus, omp mišeràbil,
cun l'ànima sensa la grasia dal Paradìs:
lontanànt ti ti stàs da la trinitàt dal tron' divìn!

[A èntrin i Diàus.]

Satana al taca a provami cu la so supiàrbia:
e 'n ta sta fornàs al tenta la me fede,
la fede me, odiòus d'infièr, a trionfarà su di te.
Diàus ambisiòus! jodèit com'che'l cjel a vi
rìt davòu e'l mèt in ridìcul il vustri stat!
Via, infièr! che di chì jò i svuali lasù cun Diu.

[Exeunt: par na banda i diàus; pa che altra il Vecju.]

Scena 14

[Same place.]

Enter Faustus with the Scholars.

FAUSTUS
Ah, gentlemen!

1. SCHOLAR
What ails Faustus?

FAUSTUS
Ah, my sweet chamber-fellow! Had I lived with
thee, then had I lived still, but now I die eternally.
Look, comes he not? Comes he not?

2. SCHOLAR
What means Faustus?

3. SCHOLAR
Belike he is grown into some sickness, by
being over solitary.

1. SCHOLAR
If it be so, we'll have physicians to cure him;
'tis but a surfeit. Never fear man.

FAUSTUS
A surfeit of deadly sin that hath damned both body
and soul.

Scena XIV

[*Stes post.*]

A èntrin Fàustus e tre studious

Fàustus
Ah, siòrs mes!

Prin Studiòus
Sè'l comàndia Fàustus?

Fàustus
Ah, bon il me colega, si fòs restàt cun te, i pararès via a vivi!
Invensi adès i mòu par sempri. Jot là cal vèn, jòt là cal vèn!

Secònt Studiòus
Sè'l intìndia diši Fàustus?

Ters Studiòus
Par sigùr a si à malàt par èsi stàt masa besòu.

Prin Studiòus
S'a è cussì, alora i farìn clamà cualchi miedi. A è doma
na 'ndigestiòn. N'ocòr ch'i ti vèdis nisùn timòu.

Fàustus
Na 'ndigestiòn di pecjàs mortaj ca mi àn danàt ànima e
cuarp.

2. SCHOLAR
Yet, Faustus, look up to heaven; remember God's
mercies are infinite.

FAUSTUS
But Faustus' offense can never be pardoned:
the serpent that tempted Eve may be saved,
but not Faustus. Ah, gentlemen, hear me with patience,
and tremble not at my speeches, though my heart pants and
quivers to remember that I have been a student here these
thirty years. O, would I had never seen Wertenberg, ne-
ver read book. And what wonders I have done, all Germany
can witness, yea all the world, for which Faustus hath lost
both Germany, and the world, yea heaven itself, heaven, the
the seat of God, the throne of the blessed, the kingdom of
joy, and must remain in hell for ever, hell, ah, hell for ever!
Sweet friends, what shall become of Faustus, being in hell
for ever?

3. SCHOLAR
Yet, Faustus, call on God.

FAUSTUS
On God, whom Faustus hath abjured, on God,
whom Faustus hath blasphemed. Ah, my God, I would
weep, but the devil draws in my tears. Gush forth blood,
instead of tears. Yea, life and soul. Oh, he stays my tongue.
I would lift up my hands, but, see, they hold them, they hold
them.

ALL
Who, Faustus?

Secònt Studiòus
Lo stes, Fàustus, vòltiti al cjèl; recuàrditi che la gràsia di
Diu a è infinida.

Fàustus
Purtròp li ofèšis di Fàustus a no podaràn maj vignì
perdonàdis: il sarpìnt cal à tentàt Eva al podarà vignì salvàt,
ma no fàustus. Ah, siòrs mes, scoltàimi ben, e no stèit tremà
scoltànt i me discòrs! Se ben ch'i sìnt un grant dolòu in tal
còu cuant ch'i pensi a chej trenta àis ch'i ài pasàt chì da
studènt, oh, cuant ch'i vorès no vej maj jodùt Wittenberga,
no vej maj lešùt un libri! E di duti li maravèis ch'i ài fàt a
pòs testimonià duta la Germania, parfìn dut il mont; e par
chèl Fàustus al à pierdùt tant la Germania che il mont, e il
paradìs stes; il paradìs, il trono daj beàs, il regnu da la
beatitùdin; e a mi tocjarà restà in tal infièr par sempri, in tal
infièr, ah, in tal infièr, par sempri! Oh bòis compàis mes!
Coma al zaràja a finila Fàustus in tal infièr par sempri?

Ters Studiòus
E pur Fàustus al pòl preà Diu.

Fàustus
Preà Diu, che Fausus al à rinegàt! Preà Diu, che Fàustus al à
bestemàt! Ah, Diu me, i vorès planzi, ma il Diàu a mi sùja
sù li làgrimis. Cal scori pur il sanc al post di làgrimis! Sì,
vita e ànima! Oh, ma a mi'ncola la lenga! I vorès alsà sù li
mans, ma jodèit coma ca mi li tègnin fracjàdis jù, fracjàdis
jù!

Dùcjus
Cuj, Fàustus?

FAUSTUS
Lucifer and Mephistophilis.
Ah Gentlemen! I gave them my soul for my cunning.

ALL
God forbid.

FAUSTUS
God forbade it indeed, but Faustus hath done it.
For vain pleasure of four and twenty. years, hath Faustus
lost eternal
joy and felicity. I writ them a bill with mine one blood;
the date is expired, the time will come, and he will fetch
Mephistophilis.

1. SCHOL.
Why did not Faustus tell us of this before, that
divines might have prayed for thee?

FAUSTUS
Oft have I thought to have done so, but the devil
threatened to tear me in pieces, if I named God, to fetch
both body and soul, if I once gave ear to divinity. And
now 'tis too late. Gentlemen, away, lest you perish with me.

2. SCHOLAR
O, what shall we do to Faustus?

FAUSTUS
Talk not of me, but save yourselves, and, depart.

3. SCHOLAR
God will strengthen me; I will stay with Faustus.

Fàustus
Lusìfar e Mefistòfil. Ah, siòrs mes, i ghi àj dàt la me ànima
in càmbiu di dut stu savej!

Dùcjus
Guaj a Diu!

Fàustus
Guaj a Diu, sigùr; e pur Fàustus al à fàt pròpit chèl. Par
sodisfà la so vanitàt par vincjacuatri àis Fàustus al à dàt sù la
contentesa e beatitùdin eterna. I ghi ài firmàt un contràt cul
me stes sanc: la data a è scaduda; l'ora a è par rivà, e al
vegnarà a cjapami.

Prin Studiòus
Parsè a no ni àia Fàustus dita chistu prin di adès, che cualchi
confesòu al varès podùt preà par te?

Fàustus
Oh i ài pensàt tant vòltis di falu, ma il Diàu a mi minacjava
sempri di mašenami a tochitìns si mi metevi a minsonà'l nòn
di Diu; di vignì a cjòimi ànima e cuarp si scoltava il preà di
un confesòu: e adès a è masa tars. Siòrs mes, zèit via di chì
si no volèis vignì danàs cun me!

Secònt Studiòus
Oh, sè podinu fà par salvà Fàustus?

Fàustus
No stèit cjacarà di me, ma salvàivi vuàltris. Zèit, zèit!

Ters Studiòus
Diu a mi darà la fuarsa. I resti chì cun Fàustus.

1. SCHOLAR
Tempt not God, sweet friend, but let us into the
next room, and there pray for him.

FAUSTUS
Ay, pray for me, pray for me, and what noise soever
ye hear, come not unto me, for nothing can rescue me.

2. SCHOLAR
Pray thou, and we will pray that God may have
mercy upon thee.

FAUSTUS
Gentlemen, farewell. If I live 'til morning, I'll visit
you, if not, Faustus is gone to hell.

ALL
Faustus, farewell. Exeunt Scholars.
The clock strikes eleven.

FAUSTUS
Ah Faustus,
Now hast thou but one bare hour to live,
And then thou must be damned perpetually.
Stand still you ever moving spheres of heaven,
That time may cease, and midnight never come;
Fair Nature's eye, rise, rise again, and make
Perpetual day, or let this hour be but a year,
A month, a week, a natural day,
That Faustus may repent, and save his soul.
O lente, lente, currite noctis equi:.
The stars move still, time runs, the clock will strike.
The devil will come, and Faustus must be damned.

Prin Studiòus

Nosta tentà Diu, compaj me; ma zìn in ta che altra cjamara a preà par luj.

Fàustus

Sì, sì, preàit par me, preàit par me! E cualsiasi rumòu ch'i sintèdis, no stèit cori chì, ca no è nuja ca pòl salvami.

Secònt Studiòus

Prèa encja tu, e i prearìn nuàltris che Diu al vedi pietàt di te.

Fàustus

I vi saludi, siòrs mes! Si soj encjamò vif domàn di matina i vegnaraj a cjatavi: sinò—Fàustus al è zùt in tal infièr.

Dùcjus

Ti saludàn, Fàustus!

[*Exeunt i studiòus. Il orloj al bàt li ùndis.*]

Fàustus

Ah, Fàustus,
a ti vansa adès doma na ora di vita,
e i ti saràs dopo danàt in perpètuo!
Fermàit il vustri motu eterno, sfèris celèstis,
che'l timp a si fermi e ca no rivi maj miešanòt.
Vèn sù di nòuf, biel vuli dal mont, e parta cun te
il dì perpètuo; o lasa che chist'ora a doventi
un àn, un mèis, na setemana, un dì normàl,
che Fàustus al posi pentisi e salvasi l'ànima!
O lente, lente, curite noctis equi!
A si mòvin li stèlis, il timp al còr, e'l orloj al è pront.
Il Diàu al stà par rivà, e Fàustus al sarà danàt.

193

O, I'll leap up to my God: who pulls me down?
See, see where Christ's blood streames in the firmament;
One drop would save my soule, half a drop, ah, my Christ!
Ah, rend not my heart for naming of my Christ,
Yet will I call on him. Oh spare me, Lucifer!
Where is it now? 'Tis gone,
And see where God stretcheth out his arm,
And bends his ireful brows.
Mountains and hills, come, come, and fall on me,
And hide me from the heavy wrath of God.
No no, then will I headlong run into the earth;
Earth gape! O no, it will not harbour me.
You stars that reigned at my nativity,
Whose influence hath allotted death and hell,
Now draw up Faustus like a foggy mist,
Into the entrails of yon laboring cloud,
That when you vomit forth into the air,
My limbs may issue from your smoky mouths,
So that my soul may but ascend to heaven.
Ah, half the hour is past: The watch strikes the half hour;
'Twill all be past anon.
Oh God, if thou wilt not have mercy on my soul,
Yet for Christ's sake, whose blood hath ransomed me,
Impose some end to my incessant pain;
Let Faustus live in hell a thousand years,
A hundred thousand, and at last be saved.
O, no end is limited to damned souls.
Why wert thou not a creature wanting soul?
Or, why is this immortal that thou hast?
Ah, Pythagoras' metempspsxêosis, were that true,
This soul should fly from me, and I be changed
Unto some brutish beast. All beasts are happy, for when
they die,

O, i còr sù dal me Diu! Cuj mi tègnia tiràt jù?
Jòt, jòt 'ndà che'l sanc di Crist al scor'n tal firmamìnt!
Na gota a mi salvarès—miesa gota: ah, Crist me!
Ah, no stèit ròmpimi'l còu par minsonà'l me Crist!
Lo stes i lu clami: O, làsimi stà, Lusìfar!—
Indà al eše adès? Al è zùt; e jòt indà che Diu
al slungja il so bras, e al 'nriga rabiàt la front!
Vegneit montàgnis e culìnis, colàit sù di me,
e platàimi da l'ira terìbil di Diu!
No! No!
I còr alora dret in ta la cjera.
Vièrziti cjera! O no, a no vòu risèvimi!
Stèlis, ch'i vuardàvis chì jù cuant ch'i soj nasùt,
e ch'i sèis stàdis cauša di muart e d'infièr,
tiràit sù adès stu puòr Fàustus coma un caligu
in ta la pansa di che gràvidi nùlis lasù,
che cuant ca ti vumitèjn in ta l'aria,
i posi vignì fòu da li so bòcis cjalinòšis,
cussì che'l me spìrit al posi zì sù'n tal Cjel.
[*Il orloj al bat la miešora.*]
Ah, a è pasada miešora! A stà dut par finì!
O Diu!
Si no ti vòus vej pietàt pal me spìrit,
lo stes pal amòu di Crist ca mi'a cul so sanc riscatàt,
comanda cal finisi stu me eterno dolòu;
lasa che Fàustus al vivi'n tal infièr par mil àis—
par sentmil àis, e cal vegni a la fin salvàt!
O, la fin a no à lìmit par l'ànimis danàdis!
Parsè no èritu na creatura sensa spìrit?
o parsè al eše'l to spìrit imortàl?
Ah, metempsicoši di Pitàgora! Se doma a fòs vera,
st' ànima a corarès via di me, e jò'i mi cambiarès
in cualchi bèstia salvàdia! O beàdi li bèstis,
che cuant ca mòrin

Their souls are soon dissolved in elements,
But mine must live still to be plagued in hell.
Curst be the parents that engendered me.
No, Faustus, curse thyself, curse Lucifer,
That hath deprived thee of the joys of heaven.
[The clock striketh twelve.}
O, it strikes, it strikes! Now, body, turn to air,
Or Lucifer will bear thee quick to hell.

[Thunder and lightning.]

O soul, be changed into little water drops,
And fall into the *ocean*, ne'er be found.
My God, my God, look not so fierce on me; Enter Devils.

Adders, and serpents, let me breathe a while;
Ugly hell gape not, come not Lucifer;
I'll burn my books! Ah, Mephistophilis.

[Exeunt Devils with Faustus.]

Enter CHORUS.
Cut is the branch that might have grown full straight,
And burned is Apollo's laurel bough,
That sometime grew within this learned man.
Faustus is gone; regard his hellish fall,
Whose fiendful fortune may exhort the wise,
Only to wonder at unlawful things,
Whose deepness doth entice such forward wits,
To practice more than heavenly power permits. Exit.

Terminat hora diem, terminat auctor opus.

li so ànimis a si trasfòrmin a colp in elemìns;
ma l'ànima me a vivarà sempri'n tal turmìnt dal infièr.
Ca sèdin maledès i me genitòus!
No, Fàustus: maledìs te stes: maledìs Lusìfar
ca ti à deprivàt da la beatitùdin dal Paradìs.
[*Il orloj al bat la miešanòt.*]

O, al bàt, al bàt! O, cuarp, càmbiti adès in aria,
che sinò Lusìfar a ti parta a colp in tal infièr.
[*A si sìnt tonà e lampà.*]
O ànima, trasfòrmiti in gotùtis di ploja,
e cola in tal ocèano—par no vignì maj pì cjatada.
Diu me! Diu me! Nosta vuardami cussì rabiòus!
[*A èntrin i diàus.*]
Madràs e sarpìns, lasàit ch'i pari via a rispirà!
Infièr orìbil, nosta spalancati! Nosta vignì sù, Lusìfar!
I brušaraj i me lìbris!—Ah, Mefistòfil!

[*Exeunt i diàus cun Fàustus.*]

Al entra il Chòrus

Chòrus
Sarpida a è la braga ca varès podùt cresi dreta,
e brušada a è la ramasa di oràr di Apòl
ca veva cresùt in ta stu studiòus di omp.
Fàustus al è partìt: jodèit ben la so colada 'nfernàl,
e che la so sfurtuna danada a gh'insegni ai sàvius
di pensàjghi ben a li ròbis snaturàdis,
che cu li so stranèsis a pòsin istigàju
a praticà tant pì di chèl che'l Cjel al permèt.

[*Exit Chòrus.*]

Terminat hora diem,terminat auctor opus.

Commento su Faustus

La colpa è tutta tua, Mefisto!

Oh se solo volessi potrei ben lasciare che'l mio pensiero si soffermasse su quei poveracci di pirati—quei ladroni del mare—che proprio ieri sono stati ammazzati dagli americani, al largo della costa somaliana, per aver dimostrato la temerità di assalire un mercantile americano. Avevano per diversi giorni tenuto prigioniero il capitano di questa nave, con la speranza che venisse riscattato a suon di dollari. Ma gli americani non se la sono sentiti di versare nessun dollaro: hanno invece preferito aspettare il momento giusto per liberare il loro capitano e far fuori quelli che lo tenevano prigioniero. E così hanno fatto: un colpo alla testa all'uno, un colpo alla testa all'altro, e addio pirati. E così il capitano è stato liberato, e tutta l'America ha esultato. Per quei poveri ladroni del mare neppure un pensiero. Gli stava bene, punto e basta. Gli americani avevano ragione, certo; di quello non vale la pena di discutere. Eppure—non meritavano sul serio un pensierino quei poveri diavoli di giovani che avevano rischiato tutto per ottenere una cosetta da niente: un milioncino di dollari, più o meno, che avrebbe potuto per qualche tempo allontanarli dalla miseria del loro paese? Non possedevano gli americani, dopotutto, tutti i quattrini del mondo? Che cos'era veramente per loro sborsare quei po' di soldi che gli venivano richiesti? Ma niente; tutti i sogni che avevano fatto, tutti i loro calcoli, tutto, tutto era finito così, nel niente. Quale demonio, è legittimo pensare, li aveva portati a questo passo?[25] Si

---

[25] Ci sono di quelli—fra i tanti pirati che assaltano navi europee che navigano in queste acque—che insistono che il loro motivo non è quello di approfittarsi per scopo personale, bensì quello di ottenere i fondi necessari per pulire la costa somaliana, inquinata dagli europei, i quali l'hanno usata e continuano ad usarla per liberarsi delle loro sostanze tossiche. Secondo quelli che raccontano queste storie, gli italiani non possono pretendere di essere innocenti, perchè pure per loro (o almeno

chiamava pure lui Mefistofele? Può ben darsi. Come a Fàustus, pure a questi poveri diavoli Mefistofele aveva promesso un mondo del tutto diverso del loro miserabile mondo; ma loro sapevano che per poter ottenere questo mondo—per poter sperare di ottenerlo—erano costretti a mettersi in mano ad un destino, un Mefistofele, che avrebbe imposto le sue condizioni; ma come Faustus, pure questi poveretti erano stati talmente lusingati da Mefistofele che al conto che prima o dopo avrebbero dovuto saldare non davano dapprima nessun pensiero. Solo dopo, quando già era troppo tardi, le promesse di Mefistofele si facevano vedere vuote e spaventose, come la bocca spalancata di un serpente.

Ma non è necessario essere bucanieri somaliani per bramare ciò che non si à. Il demonio ci sta sempre vicino per lusingarci, per tentarci. Ci promette questo e ci promette quest'altro, e noi alle sue promesse siamo incapaci di resistere. Quello che è capace di allontanarsi dalle sue lusinghe è una rarità, un santo. Un po' di Faustus, per bene o per male, lo abbiamo tutti nel sangue. E gente come me— gente che a un certo momento ha voltato le spalle alla sua terra per cercare qualcosa di meglio in qualche altro e lontano posto del mondo—lo ha forse sentito correre più caldo nelle vene che quelli che avevano fatto scelte differenti; ma forse no, perchè nessuno sà mai quanto calde o bollenti corrono le passioni nel sangue altrui. Offro un esempio o due di gente nostrana che, lasciata l'Italia, era ben presto diventata vittima di desideri incontrollabili,

---

per i mafiosi fra di loro) è tanto meno costoso liberarsi dei loro carichi velenosi in terra africana che nel loro ambiente. In tutto ciò può ben darsi che ci sia una briciola di verità, forse più di una; ma a me per il momento è più conveniente pensare che si tratti di nient'altro che di ingordigia, dovuta—quella sì—a un ambiente che porta a desiderare ciò che non si à e che gli altri, in particolar modo quelli che vengono da paesi ricchi, di soldi ne hanno fin troppi.

addirittura incolmabili. Anni fà ho conosciuto un uomo
anziano in un paesetto remoto del più estremo nord della
British Columbia, un paesetto che per tanti anni aveva
attirato a sè—irresistibilmente—coloro che erano stati
toccati dalla febbre dell'oro. Questo vecchio, capitato in
questo posto dalle nostre parti dell'Italia quand'era ancora
giovane, aveva trascorso anni—tantissimi anni—in questo
posto, giorno dopo giorno scavando e crivellando nelle rive
dei fiumi montagne di ghiaia e di sabbia nella speranza di
trovare la vena giusta dell'oro. Quando l'ho conosciuto io
questa vena dell'oro non l'aveva ancora trovata, nè mai
l'avrebbe trovata. Lo stesso, qualche pezzettino di oro lo
trovava sempre, assai per tener sempre viva la sua speranza.
Nel paese era conosciuto da tutti; e ogni anno, in occasione
della festa del paese, camminava orgoglioso nella parata,
con addosso collane e braccialetti ornati con pepite d'oro
che aveva lui stesso trovato. Un po' di oro, come dicevo, lo
trovava sempre; e aveva pure avuto delle buone stagioni,
che gli avevano permesso di fare un viaggio fino a
Vancouver o al più lontano San Francisco, dove la sua
vacanza era di solito di breve durata, per via che—sotto
consiglio dell'immancabile Mefistofile—passava la prima
notte nelle braccia di qualche dolce ragazzotta (la sua vera e
propria Elena) le cui carezze erano così care e preziose che
il giorno dopo al pover'uomo toccava far ritorno lassù al
nord per ricominciare di nuovo a muovere montagne di terra
con la speranze di poter di nuovo riempire il suo sacchetto—
svuotato da una carezza e da un sospiro—pepitina dopo
pepitina. Era alla fine morto, ma non credo che dopo morto
sia andato a finirla in quell'abisso zolferoso dov'era
precipitato il povero Faustus. Sappiamo solamente che
prima di morire aveva raccomandato ai suoi compagni di
sotterrarlo e, dopo averlo sepolto, di godersi qualche buon
bicchiere di vino o di whisky, lì, nel posto stesso dove lo
avevano sepolto, e di cantare e far festa per celebrare la fine
della sua avventura.

Non era l'unico quest'uomo a venir acceccato dal brillare giallastro dell'oro. Era, lui, uno fra tanti; così tanti che non ci si allontanerebbe tanto dalla verità se si dicesse che se non fosse stato per quelli che soffrivano la sua stessa febbre, l'America sarebbe tuttora quello sconfinato paradiso terrestre che era una volta, quando nelle praterie e nei boschi regnavano i bisonti e gli orsi, e su di loro gli indiani. Ma questo è un discorso troppo astratto. Per avere un po' più di concretezza conviene andare in posti come Barkerville, una località nel centro della provincia che poco più di un secolo fà aveva attirato moltissimi giovani da ogni parte del mondo, sollecitati, naturalmente, da quel benedetto Mefistofele, che diceva loro "Andate, andate là; che là ogni palata di ghiaia vi farà ricchi." E loro vi andavano, con addosso una febbre che là li avrebbe lasciati, come attestano le tombe in quel cimitero che ancora oggi fà da sentinella a quel poco che rimane del Barkerville di una volta. Il nostro avventuriero di Atlin, con una dolce carezza adesso e una poi in cambio di qualche briciola d'oro, ce l'aveva almeno fatta a diventar vecchio. A Barkerville, invece, molti di quelli che erano giunti quì giovani e pieni di sogni, quì dovevano rimanere, giovani e senza più sogni. Il cimitero, però, gli ha lasciato questo segno di riconoscimento: in più di una tomba si innalza fin sù nel cielo un pino con le radici sprofondate nel corpo stesso del giovane minatore, nutrite dalla sua carne e dalle sue ossa e dai suoi sogni.

Oh, quanto potrei, volendo, raccontare di gente così, tutta—chì più, chì meno—ardente d'una febbre faustiana. Potrei addirittura allontanarmi e osservare che la nostra stessa umanità è oggi ciò che è, non voglio dire per merito, ma senz'altro per causa di quel precursore di Mefistofele, il quale, incominciando dalla nostra prima madre, aveva lasciato come eredità nel sangue di tutti noi la curiosità, elemento fondamentale della natura faustiana, elemento

peraltro fatale non solo per Faustus, ma molto spesso pure
per noi. Vogliamo noi—tanto per metterci in chiaro—
svelare tutti i misteri della natura; e più ne sveliamo, sembra,
e più insoddisfatti diventiamo, e più ancora ci struggiamo di
svelarne. Mai come oggi siamo stati ossessionati dal rischio
e pericolo che ci siamo creati con la nostra insaziabile
curiosità di sapere. Abbiamo imparato a sfruttare l'energia
nucleare, col risultato che oggi siamo terrorizzati dall'idea
che questa energia ci spalanchi un giorno la porta
dell'inferno, come quella che alla fine si apre per il povero
Faustus, che grida disperato:

Orribile inferno, non spalancarti! Fèrmati, Lucifero!
Brucierò i miei libri!—Ah Mefistofele!

Ognuno di questi, insomma, ha in sè un po di Faustus che lo
stuzzica: il pirata somaliano, il povero emigrante, che corre
instancabile dietro all'arcobaleno, lo studioso—e tutti noi.

Ma no è di questi che io volevo raccontare, anche se ognuno
di loro fà parte del quadro faustiano. La storia del Dottor
Faustus evoca in noi tanto di più: ci porta in mente il diavolo
che una volta conoscevamo così bene a San Giovanni, il
diavolo che veniva raccontato nelle stalle dei borghi del
paese o attorno ai focolari quando con la manina che
stringeva forte la gonna della nonna ascoltavamo le storie
dei vecchi con gli occhi larghi dalla curiosità e dalla paura.
E le storie volavano da quella che raccontava degli spiriti
che di notte uno vedeva—se uno aveva la inconcepibile
temerità di star lì a vederli—svolazzare sui muri del cimitero
vecchio o di quello di Pardapos; a quella che raccontava
della fiammette azzurre che uno vedeva nel buio della
notte—se uno si sentiva ancor più temerario di andare a
vederle all'interno del cimitero stesso—che si allontanavano
man mano che uno provava ad andarci vicino. Ti
riempivano, queste storielle, di un terrore così dolce che ti

faceva stringere sempre di più le falde della gonna della nonna e dei pantaloni dello zio. Ma nessuna storiella ti faceva rabbrividire dalla paura come quella di quel signore di San Giovanni che se la rideva di Dio e del Diavolo finchè, finchè—ma ecco quì questa benedetta storiella.

A San Giovanni tutti conoscevano bene quest'uomo per la sua abitudine di deridersi tanto di Dio che del Diavolo. Tutte fiabe, diceva; e seguiva ogni sua beffa con una bestemmia, diretta o a Dio o al Diavolo o alla Madonna, che per conto suo era prova assoluta della loro inesistenza. E così aveva continuato per tanto tempo, sempre pronto con le sue bestemmie contro quelle divinità che non esistevano, finchè un bel giorno, anzi una bella notte il Diavolo gli era apparso in sogno mentre dormiva nella sua camera. Si era avvicinato al suo letto, questo demonio, con l'insopportabile calore dell'inferno. E lui, svegliato di soprassalto, col volto bagnato dal sudore, era rimasto lì, paralizzato dal terrore, in silenzio, ascoltando attentamente per qualche segno che provenisse dalla presenza invisibile. Non sentendo niente si era poco a poco persuaso che si era trattato nient'altro che di un brutto sogno, sebbene che era riuscito a riaddormentarsi solo col infagottarsi ben bene nelle sue coperte. Ma il mattino seguente gli era successo quello che per il resto dei suoi giorni lo avrebbe mandato a messa ogni domenica, senza fallo. Si era alzato col pensiero del terribile sogno che ancora lo assillava. Aveva guardato quà e là nella stanza e rassicurato che tutto era in ordine si era alla fine calmato e convinto che aveva sognato e basta, e, come tutti sanno, ai sogni non vale la pena di farci alcun caso. Aperto che aveva la porta della camera, tuttavia, qualcosa aveva colpito i suoi occhi che lo fece agghiacciare dal terrore. Nel bel mezzo della porta, intagliata nel legno, c'era l'impronta di una mano, bruciata e nera, lasciata lì dalla mano infuocata del Diavolo. La domenica dopo tutto San Giovanni era rimasto meravigliato nel vedere questo signore inginocchiato in uno dei banchi del duomo. E nessuno lo aveva mai più sentito bestemmiare nè Dio nè il Diavolo nè nessun santo.

Ecco, possiamo star certi che quel signore lì aveva—almeno per un momento—sentito la sensazione terribile che sente Faustus quando al battere della mezzanotte sente che Mefistofele si stà avvicinando per riscuotere la sua anima.

A final comment

Your fault, Mephisto!

Oh yes, if I wanted to I could let my mind rest on those wretched pirates—those sea robbers—that just yesterday were killed by the Americans off the coast of Somalia for having had the temerity of assaulting an American merchant vessel. For several days they had held the captain of this vessel prisoner, hoping to receive a handsome ransom once they finally released him. But the American authorities had no intention of bowing down to the demands of the pirates; they chose instead to wait for the right moment to free their man and do away with those who were keeping him hostage. And so they did: a hit on the head of one and a hit on the head of two more, and the thing was done. And so the captain was rescued, and all of America exulted—and no thought was given to the sea robbers. It served them right, that's all. The Americans were right to feel that way, no doubt of that. Yet did not even those young pirates, poor devils, deserve a thought or two for having risked so much to gain something, a mere million dollars, more or less, that could have given them at least a temporary reprieve from the misery of their home country? Did not the Americans, after all, have all the money in the world? What big deal was it for them to put out the little they were being asked for? But it was not to be: all the dreaming they had done, all their reckoning—everything had ended just like that, in nothing. What demon, one wonders, had prodded them on to risk their all?[26] Was his name Mephistophelis too? It may well

---

[26] There are—among the many buccaneers that attack European vessels that travel these waters—those who insist that their motives are not selfish, that on the contrary they try to access some funds to enable them to clean up the Somali coast, heavily polluted by the Europeans, who

be. As he had done to Faustus, to these poor devils he had also promised a world, a world altogether different from their miserable world; but they were well aware that to obtain this world—to ever hope to obtain this world—they had to place themselves in the hands of a fate, of a Mephstophelis, that imposed its own conditions; but like Faustus they too had been so worked up by Mephistophelis that they paid little heed to the heavy price they would ultimately have to pay. It was only much later, when it was too late, that the promises of Mephistophelis would show themselves in all their frightful emptiness, like the wide-open mouth of a serpent.

But it is not necessary to be Somalian adventurers to crave for that which is not within easy reach. The devil is always near us to goad us on. He promises us this, he promises us that; and we are helpless to resist the lure of those promises. Anyone capable of holding back is a rarity, a saint. All of us have a bit of Faustus in our blood. And those like me— people who one fine day (fine as a matter of speaking, really) turned their backs on their own land to go in search of something better in some distant part of the world—have felt it running warmer in our veins than those who made other choices; but maybe not, since no one knows for certain how deep anybody else's passions run. Examples come readily to mind of people who went out into the world and got quickly entangled in sticky webs of greed. Years ago I

---

have used it and continue to use it as a dumping ground for illegal toxic wastes. According to those who tell these stories (Al Jazeera being one of them) the Italians cannot claim innocence, for even for them (or at least for the mafiosi among them) it has been much cheaper to get rid of their poisonous cargoes on African shores than on their own. In this there may well be a speck of truth, maybe more than one; but for now it suits me much more to think that all this is due to simple greed generated—there can be no doubt there—by an environment that compels you to wish for that which you don't have and which others have plenty of, especially those who come from rich nations.

met an old man in a small town in the remotest part of British Columbia, a hamlet that for many years attracted—quite irresistibly—those who had been touched by gold fever. This old man, drawn here when he was still young from our own part of Italy, had spent many years in this remote place, day after day digging and shovelling and panning mountains of gravel and sand from riverbanks in hopes of finding the mother lode. When my wife and I met him he had not yet—needless to say—come near the rich vein of gold he dreamt of finding; even so, bits of gold always came his way, enough to keep his fever burning and his hopes alive. In town he was known by everybody; and every summer he would walk proudly in the town's parade, wearing bracelets and necklaces beaded with his own small nuggets. At the end of the day, as I say, his pan always showed a bit of colour. He had had good seasons, too; seasons in which he had put aside enough gold to enable him to take a trip to Vancouver or to the more distant San Francisco, where his vacation did not normally last long because—prodded on by the wily Mephistophelis—he would spend the night in the arms of some eager young maiden (his very own Helen) whose caresses were so dear that the very next day the poor man would find himself on his way back up north again, there to move more mountains of dirt hoping to be able to refill—tiny nugget after tiny nugget—his little gold-pouch, which now contained only the memory of a sigh and a caress. At long last he died, but I doubt very much that he ended up in that sulphurous abyss in which Faustus ultimately plunges. We know only this for sure, that before he died he left strict instructions for his friends to bury him and, after he was buried, to drink and make merry with wine and whisky right on the spot where he lay buried, and to sing in celebration of his adventurous life.

He was not the only one—this old man—to be blinded by that sort of yellow glitter. He was one of many; so many that it would not at all be a stretch to say that had it not been for that sort of 'fever," America itself would still be that limitless earthly paradise it once was, when in the prairies and in the forests bisons and bears ruled, and over them ruled the Indians. But this sort of speculation is too abstract, too far removed from our present concerns. To touch on something more concrete, more to the purpose, we have to go to places like Barkerville, now a small community in the centre of the province where a little over a hundred years ago many young men had ended up—sent there by the ubiquitous Mephistophelis, who taunted them, "Go, go there, young man, where every spadeful of gravel will make you rich." And they went, burning with a fever that kept them there forever, as one can easily see from the tombs in the cemetery that even today continues to guard the entrance to what is left of that once thriving place. Our Atlin man, with a gentle caress now and then in exchange for some tiny bits of gold, had at least gotten on in years. In Barkerville, instead, many who had come here young and full of dreams, remained here—forever young and with frozen dreams. The cemetery, though, recognizes them still: in more than one of the tombs a fir tree rises up to the sky, its roots buried deep into the corpse of one of the poor youths, nourished by his flesh and bones and all his dreams.

Oh, I could, if I chose to, go on telling forever about people like these, all touched in one way or another by the Faustian fever. I could go farther still and hazard the claim that the human race is what it is by virtue of that precursor of Mephistophelis who, beginning with our first mother, had bequethed in all of us the element of curiosity, a fundamental characteristic of the Faustian nature, a characteristic that would prove fatal not just for Faustus but often enough for us as well. We want to solve all the mysteries of the world; the more we learn, it seems, the more unhappy we become, and the more we want to go on learning. Never before have we been so obsessed by the enormity of the risks and dangers we have created for ourselves with our insatiable hunger for knowledge. We have learned how to release the energy of the sun, with the result that today we are worried sick that this energy may open wide for us the gate of hell, as it opens in the end for Faustus, who breaks out in the desperate cry:

Ugly hell, gape not! Come not, Lucifer!
I'll burn my books!—Ah Mephistophilis!

All of these, then, have something distinctly Faustian that prods them on: the Somali pirate, the poor emigrant, who chases forever the farther leg of the rainbow, the scholar—and the rest us. But it is not of these that I wanted to tell, although they clearly are all part of the Faustian fabric. The story of Doctor Faustus brings to mind so much more: it brings to mind the devil we all knew once in San Zuan, the devil told and retold in the stables and alleys and around the hearth when with our tiny hand grasping grandma's skirt we listened to the tales being told by the grownups with eyes opened wide with curiosity and fear. And the tales ran from the one that told of the ghosts one saw at night—if one was capable of summoning the inconceivable temerity to be there to see them—flapping their wing-like arms on the walls of the old cemetery or of the one at Pardapòs; to that which told of the blu flames one saw in the darkness of the night—if one had the even greater daring to walk into the cemetery to see them—moving away from him as he tried to draw near them. These tales—one and all—gripped you with the sort of delicious terror that made you hold on to the folds of your grandma's skirt or your uncle's pants ever more tightly. But no story made you cringe with fright more than the one of that gentleman from San Zuan who used to

211

laugh at God and the Devil until, until—but let me tell you all about that story.

Everyone in San Zuan, then, knew well this gentleman, for he used to scoff openly at any talk of God or the Devil. Old wives' tales, he would say, emphasizing his denial by cursing God or the Madonna, his preferred way of proving their nonexistence. And he carried on in this way for the longest time, with a steady stream of curse words against nonexistent deities flowing from his mouth, until one night he dreamed that the devil had visited him in his bedroom. In the stillness of the night this demon had drawn close to his bed, exuding the most hellish heat. And he, suddenly awakened by the unseen presence, with his face soaked in sweat, had lain there still, paralized with fear, silent and listening for any sign of the presence. Hearing nothing he had little by little convinced himself he had been dreaming, though he could not go back to sleep without first wrapping himself tightly in his blankets. But something happened to him the following morning that was to send him to church every Sunday, without fail. He had gotten out of bed with the thought of the dream still vivid in his mind. He had looked all around him and seeing nothing out of place in the room, he had finally reassured himself that it had been a dream, a stupid dream; and as everyone knows dreams are not worth worrying about. So he dressed and prepared to go out. He had no sooner opened the bedroom door, however, than his eyes noticed something that made his hair stand up straight and his heart freeze. There, in the very centre of the door, carved in the wood panel, was the form of a giant hand, burned black, etched by the flaming hand of the Devil. The following Sunday all of San Zuan had stared in wonder at this gentleman as he knelt in one of the church pews. And no one had ever again heard this man issue a blasphemous word against God or the Devil or any of the saints.

Truly, then, this man had felt—for a moment at least—the terrible sensation Faustus feels when at the stroke of midnight he sees Mephistophelis coming to claim his soul.

www.ingramcontent.com/pod-product-compliance
Lightning Source LLC
Chambersburg PA
CBHW031109260626
47172CB00001B/287